ダッシュエックス文庫

JN177911

隠れたがり希少種族《ニュンペー》は【調薬】スキルで絆を結ぶ

イナンナ

CONTENTS

The Nymph who wants to hide
ties with "pharma" skill

隠れたがり
希少種族《ニュンペー》は【調薬】スキルで
絆を結ぶ
……………… 011

《文庫限定書き下ろし短編》
ままならないうさ耳と、
運命の金剛力士
……………… 291

INANNA
illustrated by
MIWANO RAGU

1章

chapter 1

The Nymph
who wants to hide
ties with
"pharma" skill

1話 世界初のゲーム

日進月歩とはよく言ったもので、ゲーム技術の革新もここまで来たかという感じがする。

今私の手元にあるのは数多《あまた》のゲーマーが望んでやまぬフルダイブVRゲーム【ライフ・オブ・インフィニット・ワールド】である。略称はLoIWとされるが、文字表記、あるいは口頭ならば【∞世界《無限》】とあらわされることがほとんどだ。史上初のフルダイブ型VRMMORPGを謳《うた》い、プレイヤーの選択で未来が変化する。よくあるキャッチフレーズだがその自由度は半端なものではないのだという。

ああ、御託《ごたく》はもういい。正式サービス開始まで残り一時間。キャラクターエディットまでは一時間前から接続できる。そう、フルダイブVRを体験すること自体はもうできるのだ。

流石《さすが》に脳波フィードバック技術等を駆使するだけあって、要求するインターネット環境は最高峰に近かった。しかも今時有線限定である。しかしそれも済ませた今、私がフルダイブVRゲームのための機器、インフィニットギアを装着するのを止められるものはない。

「では――」

接続端子《たんし》を両手首、首に装着。本体を被《かぶ》って手首にある起動スイッチを押した。この時仰臥《ぎょうが》でなければならない、つまり仰向《あおむ》けに寝ている、ということだ。意識が飛んだ際体勢が崩《くず》れるのを防ぐためである。立ったまま起動する馬鹿者《ばか》がいるとも思えないが、クレーマーはどこにでもいるからな。――ん。

意識が明瞭なまま視界がぼやけ、瞬《まばた》きすると世界が薄明るい状態に。転々と点《つ》いている明かりは延々《えんえん》続く鳥居《とりい》に取り付けられた提灯《ちょうちん》のようだ。タイトルの割に随分《ずいぶん》和風だな。

「ようこそいらっしゃいました、∞世界へ。私共は遍《あまね》く来訪者を歓迎いたします」

鳥居の前に立っている線の細い女性が深々とお辞儀《じぎ》した。こちらも一礼しておこう。

「あなたは？」

「私共は来訪者をサポートするためにおります、ナビゲーションキャラクターです。私個人は竜胆《りんどう》と名乗らせていただいております。ここはキャラクターエディットのための特別な空間で、来訪者の心象風景をお借りしている場です。人によりそれぞれ違う風景が見えているのですが、ここは風情《ふぜい》がありますね」

竜胆さんは興味深そうに周囲を見回している。夜の参道を目にしたことがないのだろう。

「では、早速《さっそく》ですがエディットを開始してもよろしいでしょうか？」

「お願いします」

短く答えると、竜胆さんは微笑《ほほえ》んで手元にウインドウを表示させた。同時に中空に見慣れた自分の全身像が浮かび上がる。

「あらかじめ取り込んでいただいた画像データを元に、現実世界のご自分にできるだけ近づけたモデルを表示しました。お好みの容姿がございましたらここから調整していくことができます。なお、個人情報保護の観点から、お好みの容姿でなくとも何箇所かは調整していただくことになりますが」

好みか。特に希望はないのだが、多少を問わず変更が推奨《すいしょう》されているならば。

「では、髪の色を白に。瞳《ひとみ》の色も同じく。皮膚《ひふ》の色も白に——いや、瞳の色は淡い色を入れましょう」

瞳が白いとちょっとしたホラー状態だった。統一しようかと思ったがこれを見た周囲の反応が恐ろしい。竜胆さんは気を悪くした様子もなく頷《うなず》いてくれる。

「明るい色でしたらこちらはいかがでしょう？　菫《すみれ》色と言われる色ですが、少し赤みを抑えてあります。髪も完全な白色ですと光を完全に反射して非常に不自然ですので、白っぽい銀髪に調整しました。白色にこだわりがおありでなければ、こちらの方が生物らしい色でお勧《すす》めですね」

出来上がったのは最初よりもだいぶ生物らしくなった私だった。しかし、折角《せっかく》ならばいかに現実からかけ離れるかを追求したくなってくる。

「髪はどの程度まで伸ばせますか？」

現在はショートヘアである。手入れは楽な方がいいためだ。しかしゲームで手入れ云々《うんぬん》を考えることはまずあるまい。

「どこまでも可能です。毛量、髪のくせの有無《うむ》や度合い、あえて消失させることも可能ですよ、髭《ひげ》も同様です」

竜胆さんの明快な答えにむしろ迷うが、まあいい。現実なら絶対にできない髪型というのをやってみようではないか。

「ライオンの鬣《たてがみ》のような状態で腰程度までにすると？」

もふぁっという擬音《ぎおん》が聞こえてくるようだった。こんなクッションを引っ提《さ》げて歩けばいかにも目立ちそうだ。

「ストレートにして足首までだとどうでしょう」

明らかに現実ではありえない、流れるような髪が足首まで伸びて揺れている。踏みそうだ。実用性皆無《かいむ》である。

「腰までにしようか……」

腰までにして改めて眺《なが》めてみる。見慣れているはずだが、別人のようにしか見えない自分が無表情で立っている。

「髪質は私が少し調整しています。具体的には毛先に僅《わず》かにウェーブをつけ、動きが出やすい状態にしています。前髪も全体と同じ長さにしていますがよろしいでしょうか？」

気《き》が利く竜胆さんが教えてくれるが、前髪を作ったところで違和感しか感じなかった。これは潔《いさぎよ》く流すこととしよう。

2話　キャラクターエディット

「これだけ変えれば充分でしょうか？」

個人情報的観点での話である。竜胆さんはいつの間にか開いていたウインドウを何箇所か指でなぞり、少し間を置いてから微笑んだ。

「もう少し変更しなければなりません。ご希望がなければ私が調整させていただきますが、いかがでしょう」

ありがたい申し出に頷いた。これ以上何をどう弄《いじ》れというのだろうか、もう思いつかない。

竜胆さんは手早くウインドウを操作した。どう変わるのだろうかと眺めていたが一向に変化が訪れない。

「できました」

変化が解らないまま竜胆さんから完了が告げられた。どこを変更したのだろうか？

「変更点を教えてくれますか」

「はい勿論《もちろん》です。花の顔をご覧《らん》ください」

いやに大袈裟《おおげさ》な言葉が聞こえたが、無視する。多分、丁寧語《ていねいご》だと勘違《かんちが》いしているのだろう、反応しないのが親切というものだ。覗《のぞ》き込んだ私の顔には泣きぼくろが付いていた。私の垂《た》れ目を強調している。そしてどういうわけか紅《べに》が目尻《めじり》に引いてあった。目尻を跳《は》ねあげてバランスを取ろうとしたように見える。これはいつもの私の化粧だ。

「この紅は止《や》めてください。普段のメイクに似ています」

急に見慣れた顔になってしまった。これは頂けない。心なしか残念そうな竜胆さんが紅を消し、その代わりとばかりに全体的に線が細くなった。どうやら骨格とかを少し弄ったようだ。

「いかがでしょうか？　睫毛《まつげ》量及び長さを最大限変更し、けぶるような瞳を実現させています。また泣きぼくろで与える印象を調整してあります」

気づかなかったが睫毛も伸びているらしい。まあ前が見えればどうでもいい。竜胆さんも満足げな顔をしているし、これで行こう。

「ではこれで決定してください。他にすることはありますか」

「はい、キャラクターの素体《そたい》が決まりましたらここから種族を変更します。現在は人族に設定されていますが、人族とはいわゆる汎用《はんよう》型のステータスですね。不得手《ふえて》がない代わりに得手もありません」

続く説明によれば、魔法を使いたければエルフや妖精、魔族に、生産したければドワーフ、もしくは獣人《じゅうじん》の内の猿《さる》型に、武器を使いたければ竜以外の獣人に、武器を使わず闘いたいなら竜型の獣人を勧めるとのことだった。

「あくまでも傾向として、ですが。高等な魔法や生産、特異な武器等は必要なステータスも特殊なことがままありますので、一概《いちがい》には申し上げられません。また何になるか解らない代わりに、通常の選択時には表示されない種族も選べるランダム選択というのもございますよ」

竜胆さんの勧めに従おうと思ったのだが、ランダムというのは心惹《ひ》かれるものがある。聞けば最大3回挑戦できて、気に入らなければ通常表示の種族限定で変更も利くとのこと。まあやるだけならタダである。

1回目。狐《きつね》の獣人。髪と同じ色の耳が生《は》え、ふかふかした尻尾《しっぽ》が魅惑的に揺れている。しかしこれは通常表示の種族であるためリトライ。

2回目。額《ひたい》から一本角《つの》が生えた。よく見ると唇《くちびる》の両端に牙《きば》があり、爪《つめ》が長くとがっている。魔族の中の鬼族《きぞく》らしい。これも通常、リトライ。

3回目。線の細い体型に磨《みが》きがかかる。しかし肉づきが局所的に現実と乖離《かいり》している。心なしか瞳が潤《うる》んでいて、唇の赤みが増したように思う。

「あら、これはレアですね」

と竜胆さん。全体に人間にしか見えないが人ではないらしい。

「ニュンペーです」

ニュンペー、ニンフともいう。下級女神とも妖精とも精霊ともいわれる存在で、若く美しい女の形をしている。いる場所により、海精《かいせい》、樹精《じゅせい》、冥精《めいせい》など特性と名称が変わる。確か、ニンフォマニアの語源でもあるんだったかな。

「そのニュンぺー？」

「はいそのニュンぺーです。おめでとうございます」

どこら辺がおめでとうなのか全くわからない。別にゲームの中で助平《すけべえ》になろうとは全く思っていないのですが。

「利点が全くわからないのですが」

「それもそうですね、ご説明いたします。ニュンぺーは系統としては精霊のニンフに属しています。この二種は∞世界では似て非なるものとお考えください」

なるほど、なんだってマイナーな方の名称なのかと思ったら通常のとレアものと二種類いるのか。

「ニンフは己《おのれ》の属する環境を設定しなければなりません。水と親和性の高いナイアス、樹木と親和性の高いドリュアス、死と親和性の高いランパスの三種がありますね。いずれかを選ぶので、どうしても苦手な属性が発生します」

ニュンぺーはニンフの上位互換《ごかん》だと考えてくれていい——と竜胆さん。しかし死と親和性が高いというのはどういう状態なのだろうか。死にやすいのか？

「まず精霊であることから魔法に適性が発現します。そして環境を苦にすることがありません。火の中水の中どんと来い、ですね。溺《おぼ》れたりもないです。おまけに手先も大変器用です」

「あーそれはニンフ由来《ゆらい》ですか？」

その通りだって。ドヤ顔で頷く竜胆さん。まあ男攫《さら》っていたしちゃう精霊だか女神だかだし、ぶきっちょでは話が進むまいが。

「それにそれに身体能力もニンフは精霊ですから貧弱ですがニュンペーは下級とはいえ女神だけあって高いのですよ、汎用型ではなく万能《ばんのう》型なのです！　先天スキルも一般の種族より多いですし、精霊系統には珍《めずら》しく、鉄に拒否反応も起こりません、また精霊系統でありながら闇《やみ》属性にも通じることができ――」

「ええと。すこし、待ってください。口を閉じて」

3話　ステータス確認

さっきからニュンペー推《お》しにだけ異様に熱がこもっている。落ち着いて考えられないので、竜胆さんにはクールダウンして頂きたい。言葉を途切れさせた竜胆さんは、私の言いたいことに気がついたようで赤面した。

「す、すみません。私を形成する際モデルになったスタッフがニュンペーに思い入れが強く、熱が入ってしまいました。現在ニュンペーを引き当てた方が44名ほどいらっしゃるのですが皆さん選んでくださらなくて……」

肩を落とす竜胆さん。まあそりゃ性愛の精霊の上位互換とか言われてもあんまり魅力は感じまい。実際には違っても忌避《きひ》されがちであろう、これも風評被害の一種か。

「能力値としては絶対に他に劣りませんし、せいぜいそこはかとなく色っぽくなるくらいしか人族との差異もないので私の元のスタッフは絶対的自信を持っていたようなのですが、この現状でしょう？　私もつられて悲しくなってきてしまってつい」

随分狼狽《うろた》えた様子の竜胆さんを見ていると、正直同情してしまった。別に何がやりたいとも決めていなかったし、むしろ万能であるのなら今の私にうってつけである気がする。

「では、ニュンペーにしてください」

「えっ、よろしいのですか？」

「構いませんよ。∞世界でのニュンペーはいわゆるニンフとは違うのでしょう？」

勿論ですと同意をもらい、ではこれで進めましょうと返す。じわじわと喜色《きしょく》を浮かべる竜胆さんだが、そろそろ進めないとサービス開始に間に合わないという事情もあったりする。大人なので言わないが。

「ありがとうございます！　ありがとうございます！　では続いて決定されたステータスの確認に入りますね！」

居酒屋かラーメン屋の店員のような返事をくれた竜胆さんが大きなウインドウを表示させた。これはよくあるステータス画面だ。

辰砂《しんしゃ》　Lv.1　ニュンペー
職業：【】
HP：200
MP：700
Str：3000
Vit：1000
Agi：3000
Mnd：5000
Int：5000
Dex：5000
Luk：1000
先天スキル：【魅了】【吸精】【馨《かおり》】【浮遊】【空中移動】【緑の手】【水の宰《つかさ》】【死の友人】【環境無効】
後天スキル：【】【】【】【】【】【】【】【】【】【】
サブスキル：（）
ステータスポイント：200
スキルポイント：100

称号：【最初のニュンペー】

辰砂、とはあらかじめ決めておいた私の名前だ。私のアバターは白く本物の辰砂は赤いけれどそこは気にしない。一覧《いちらん》で見るものの、このステータスから何を読み取ればいいのか。とりあえず、

「先天スキルが多くありませんか」

「それは勿論、ニュンペーなので。【魅了】【吸精】【緑の手】【水の宰】【死の友人】はニンフ各種族が持っているスキルですね。【馨】はいい匂《にお》いが常時漂うパッシブスキルです。【空中移動】は浮いたまま移動できるスキルですね、ただ高さ制限があって地面から5メートルまでです。【環境無効】は火山だろうが深海だろうがなんなら真空でも大丈夫な物凄《ものすご》いスキルですよ！」

「はあ……」

真空って。宇宙に進出する予定でもあるのだろうか。いやまあいい、とにかくレア種族ならではの特典だということだ。

「ではステータスの数値に関して教えてください」

爽《さわ》やかに教えてくれたところによると、人族の平均ステータスはオール100だそうで。おかしくない？　ねえこれおかしくない？　レア種族だから？

「レア種族だからでもありますし、【最初のニュンペー】という称号の効果でもありますね。各種族で一番最初になった方のステータスが初期値の二倍になるんですよ。【最初の○○】が付いた方がそのボーナスをもらった方ですね。ご納得いただけましたか？」

早い者勝ちというわけか。頷いてステータスポイントの振り分けに移った。あまり考えていてはいつまでも進まない。とはいえ何をしたいのか決めていないので、均等に振り分ける。

辰砂　Lv.1　ニュンペー
職業：【】
HP：200
MP：700
Str：330（＋30）
Vit：120（＋20）
Agi：330（＋30）
Mnd：530（＋30）
Int：530（＋30）
Dex：530（＋30）
Luk：130（＋30）

先天スキル：【魅了】【吸精】【馨】【浮遊】【空中移動】【緑の手】【水の宰】【死の友人】【環境無効】
後天スキル：【】【】【】【】【】【】【】【】【】
サブスキル：（）
ステータスポイント：0
スキルポイント：100
称号：【最初のニュンペー】

こうなった。種族といい己の性格といい、盾《たて》を持って耐えるようなスタイルにはならないと思うのでVitだけ+20に留めた。HPとMPに関しては基礎ステータスのうちVitとMndの値《あたい》によってレベルアップ時に伸びるそうだ。

「きれいな並びですね、良いと思いますよ。ステータスポイントはレベルが上がるごとに10ポイントずつ貰《もら》えますから、こまめに振り分けておくことをお勧めします」

竜胆さんのお墨《すみ》付きももらい、続いてスキル構成へ。先天スキルが種族依存《いぞん》であるのに対し、後天スキルは自分の意思や行動が反映されて増えていくそうだ。そしてサブスキルとは、後天スキルに収まりきらないスキルが表示される場所らしい。後天スキルとサブスキルはいつでも入れ替え可能であり、サブスキル枠《わく》のスキルの方が成長しづらいのだとか。育てたいスキルを随時《ずいじ》後天スキル枠に入れておくよう勧められた。それと、最初にもらえるスキルポイント100というのは、残しておいてもゲーム開始と同時に回収されるそうだ。使い切ってくれと言われた。

4話　ステータス設定

スキル一覧を開いてみる。戦闘、魔法、生産、その他、ネタと大きく分かれており、その中で細かく分類されている。まるきり図鑑を見ているようだ。しかしネタって。

「一応は実用性よりも浪漫《ろうまん》を重視したもの、という定義ですね。全枠ネタスキルを設定された方もおいでですよ。人気なのはこの【ランエフェクト・星】や【ジャンプエフェクト・効果線】ですね」

それはまた豪気なことで。エフェクト系のスキルは名前の通り、走った後に星が散ったり飛んだ時に線が引かれて強調されるのだそうで。全く正しいネタスキルである。

「ゲーム内での行動によってスキルを取得することもありますから、よくよくお考えになってくださいね」

竜胆さんのアドバイスが耳に痛い。何がしたいか決まってないのにスキルを選ばざるを得ないこの状況。図鑑をめくる指の動きだけが規則正しい。

しばらく悩んだが、これもまんべんなく取得しておこうと決めた。戦闘ジャンルの中から、竜胆さんの勧めもあり【糸】スキルを選択。本当に扱えるかは自信がないが、訓練所があるから大丈夫だという。

魔法ジャンルからは【空間魔法】、【付加魔法】を選択。これも言われた通りに選んだだけである。荷物軽減とスリ対策らしい。

生産ジャンルからは【料理】、【宝飾】、【細工】、【調薬】、【識別】、【採取】、【採掘】スキルを選んだ。どうせ扱うなら綺麗《きれい》なものがいいと言う竜胆さんの意見に沿っている。わからなくもない。ネタ枠の入る余地はこれでなくなったわけだ、なぜか勝利した気分である。

使用したスキルポイントは92ポイント、ポイント差が随分ある。生産系はすべて1ポイントなのに空間魔法は70ポイントだった。なんかの嫌がらせだろうか。

最終的なステータスを確認する。

辰砂　Lv.1　ニュンペー
職業：【】
HP：200
MP：700
Str：330

Vit：120
Agi：330
Mnd：530
Int：530
Dex：530
Luk：130
先天スキル：【魅了】【吸精】【馨】【浮遊】【空中移動】【緑の手】【水の宰】【死の友人】【環境無効】
後天スキル：【糸Lv.1】【空間魔法Lv.1】【付加魔法Lv.1】【料理Lv.1】【宝飾Lv.1】【細工Lv.1】【調薬Lv.1】【識別Lv.1】【採取Lv.1】【採掘Lv.1】
サブスキル：()
ステータスポイント：0
スキルポイント：8
称号：【最初のニュンペー】

「いいですね。バランスも良いですしスキルポイントもほとんど使えてます。どんなことにも挑戦できると思いますよ」

竜胆さんも太鼓判《たいこばん》を押してくれた。この短い間に竜胆さんとも打ち解けられたように思う。

「何から何までお世話になりました。またお会いできる時を楽しみにしています」

お辞儀すると、竜胆さんは少し驚いたような顔をしていた。

「いえ、いいんですよ。私たちの仕事なんですから。でも、嬉《うれ》しいです。いつか辰砂さんには再びお会いできる気がします――行ってらっしゃいませ」

最後の最後に意味ありげな笑いを残して、竜胆さんは私を∞世界へ送り込んだ。

5話　掲示板1

【始まりました】種族情報総合スレその1【無限大】

1．ビール
ここは∞世界における種族の情報を集めるスレです。事前情報皆無のこの世界をみんなの力で解き明かしましょう。どんな些細《ささい》な情報でも歓迎します
次スレは>>980を踏んだ方にお願いします

――――略――――

88．　みみ
ケモミミこそが至高《しこう》。鱗《うろこ》とか邪道

89．　ドラコ
テメー喧嘩《けんか》売ってんナ？　表出ろや

90．　シン
あっそういうのスレ立ててそっちでやって。今忙しいんだから

91．　あんびい
ここまでレア情報なしかー。皆ランダム引いてないのかな？

92．　暁光《ぎょうこう》
出てないだけじゃね？　俺引いたけど無事通常

93．　Ｅｖｅｒｙ

＞＞92　ナカーマ

94．オネ☆ステイ
＞＞92　同じく。こりゃだいぶ確率絞《しぼ》ってんな

95．おふくろ
満を持《じ》してレア引いた俺登場

96．あんびい
マジか!!

97．アスパラ
ｋｗｓｋ

98．ｃｏｃｃｏｒｏ
ちょｗ　タイミング良杉ｗｗ

99．　シン
Ｋｗｓｋ!!

100．　おふくろ
聞いて驚け、俺は……何を隠そう土竜族なんだぜ

101．　堕天使（仮）
ゑ？

102．　シン
まさか……

103．　暁光
どっちかで物凄く違うぞ……

104．　おふくろ
うん……俺、もう片方だと思ってたんだ……ちなモグラの方な、つぶらな目可愛《かわい》い

105．あんびい
モグラかい！　そうすると採掘とか土属性とかボーナス付いたりするんじゃ？

106．おふくろ
むしろそれなかったらチェンジするレベル。上に加えて鉱石類、金属類の収集ボーナス、加工ボーナス付き。その代わり若干《じゃっかん》の高所恐怖症及び太陽光が致命的に苦手になった模様

107．眼鏡《めがね》っ娘《こ》
つーかレア種族って尖《とが》ってない？　デメリットはっきりしてるよね
2回目にニャンピーとかニョンパーとかいう種族引いたけど超遠慮したわ

108．cocc oro
引けたのに止めたんか！　デメリット何だったのよ

109．みみ
ただいまー。なになにニャンピーって何よｗ　ときめくｗｗ

110．眼鏡っ娘
獣人系じゃなくて精霊系統だった。デメリットは普通の食事じゃ満腹度戻らなくて、一日一回はドレイン的なスキル使わないと餓死《がし》するやつ。しかも合意必須《ひっす》。

111．シン
それニャンピーじゃなくてニュンペーじゃね？　別名ニンフ

112．眼鏡っ娘
そうそれ。ニュンペーだった

113．Every
あーニンフねー

114．オネ☆スティ
ニンフォマ○アとかアタシの敵じゃないの！

115．堕天使（仮）
ニンフォマ○アって何よ？

116．アスパラ
ggrks

117．武者震い
貴殿の端末《たんまつ》は飾りか

118．眼鏡っ娘
うんやっぱ選ばなくて正解だったわ。それに種族選びでモデル調整かかった時に、変に色気づいた感満載でさあ……正直イタいわアレ

119．一角獣の乙女《おとめ》
ニュンペー情報書きに来たら先越されてたー
あの取って付けた感やばいよね、特に胸部装甲《そうこう》とか臀部《でんぶ》とかｗｗ

120. みみ
リアル「ただし美少女に限る」なのかね？　それか弄《いじ》り倒した人工顔の人とか

121. 堕天使（仮）
有り得るw

――続く――

【数多の雑草】アイテム収集情報スレその1【どれだよ薬草】

1. くらふと
やあ、よく来てくれたね。ゆっくりしていってくれ。
ここは∞世界のありとあらゆるアイテムを手に入れるためのスレだ。
ある程度集まったら分類ごとに分けようと思うんだ。それまでの暫時《ざんじ》対応スレさ
次スレは＞＞980が立ててくれ、進行次第《しだい》だけどね

――略――

44．ファミイ
【識別】の罠《わな》よ

45．尻尾
まさか植物全部に名前設定してあるとはな

46．ろんりすたー
結局薬草ってナオル草でＦＡ？

47．佐々木《ささき》
ヨクナル草、カイフク草、カイユ草でもポーション作成成功した。ナオル草もやってみる

48．尻尾
この雑多感よｗ　レシピありすぎだろ

49．ドワーフの中のドワーフ

鍛冶《かじ》特化型の俺勝ち組みか？　銅鉱石、鉄鉱石採掘済み、軽銀《けいぎん》鉱石が今んとこレアぽい

50：黒アールヴLOVE
おまいら採掘魔法って既出《きしゅつ》？

51：くらふと
採掘…魔法？

52：黒アールヴLOVE
俺エルフだけど鍛冶屋目指してノース山掘ってたら生えたw　ピッケル乱舞してあぶねえww
効率高杉ｗｗｗ

53：ドワーフの中のドワーフ
種族ごとに取得できるスキルが違うのか？　始まってすぐ掘って掘って掘りまくってんだけ
ど、てかふもとの爆音お前かよｗ

54：黒アールヴLOVE

なん……だと……

55．くらふと
今度は何よｗ

56．黒アールヴLOVE
ピッケル全損《ぜんそん》……帰るわ

57．ドワーフの中のドワーフ
静かになったと思ったらｗ　また来いよー

――続く――

6話　チュートリアル

視界が滲《にじ》んで、今度は良い天気の草原にいることになったらしい。日本ではありえない規模の平野を見渡していると、ふっと現れた人物に気がついた。

「チュートリアル担当のクレマチスだ。このチュートリアルはスキップしてゲームを始めることもできる。スキップするか？」

そこはかとなく投げやりな感じのする人である。竜胆さんとのやり取りが思った以上に長引き、だいぶ出遅れているので、その理由も推察《すいさつ》できる。

「いいえ、チュートリアルの開始をお願いします」

「何⁉　本当か⁉　よし、任せてくれ‼」

やはり。相当な人数にスキップされたと見える。急激に上がるテンションと正される姿勢に確信を抱いて一礼しておく。

「では基本的なコマンドから始めようか、メニューと声に出すか、メニューを表示せよと念じるかしてくれ」

念じろと来たか。まあ脳波を使うのだからそれくらいは朝飯前なのだろう。言われた通りに念じてみれば、竜胆さんが駆使していたウインドウに似たものが眼前に現れた。

「それがこれから使い続けることになるメニューウインドウだ。アイテムやスキルの管理、ログアウトや各種設定、掲示板を見るのもここからだな。設定を色々弄ってみてわからないことは今聞いてくれ」

クレマチスさんの声に従い各項目を見ていく。各種設定の中の痛覚設定とグロテスク表示設定は最低まで下げておこう。返り血など浴びる趣味はないし、もしゾンビがいたら卒倒《そっとう》する自信がある。

「痛覚設定を最低まで下げると、全く痛みを感じなくなるのですか？　その場合には何か別の感覚に取って代わったりするのでしょうか」

最低まで下げた痛覚設定というものがどの程度感覚に影響するのか、特に説明欄《らん》には記載されていなかった。痛くない代わりにすごく痒《かゆ》い、とかだとそれはそれで辛《つら》い気がする。

「ああ、痛覚な。よくある質問だ。まず、痛覚設定は最低にしても『全く痛くない』状態にはならない。程度はともかく痛いもんは痛いと思ってくれ。なお身体《からだ》の欠損《けっそん》等の重大なダメージを受けた場合には痛覚設定の強弱にかかわらず、その際に感じる痛みは思い切り骨折したとか、それくらいまでは軽減される。説明としてはこんなもんかな」

なるほど。確かに、痛くない疑似《ぎじ》体験を続けると現実の方で支障が出そうではある。うっかり死んでしまっては大惨事《だいさんじ》だ。

「設定と言いますか、立ち方が解りません」

何かのスキルの影響だろうと思い、設定らしきところをあちこち触ってみながら、最も気になることを聞くことにした。先ほどから地に足が着かないのだ。降り方の説明でも書いてないかと探したが、見つけられなかった。

「ああ、種族特性の【浮遊】だな。これは先天スキルかつパッシブだからな、普通には解除することができない」

何となく感じていた予感的中である。先天と後天で区別されてたくらいだもんなあ。これではどうやって踏み込んだり蹴《け》ったりしたらいいかわからないではないか。

「何か抜け道はありませんか。ほら、どうしても地面に足を着けたいタイミングってあるでしょう？　これだと、例《たと》えば戦闘中であるとか、効果的に力を伝えたい場合なんか、困ってしまいます」

クレマチスさんはなんというか微妙な顔をした。そんなにおかしなことは言ってないつもりだが、何か引っかかったらしい。

「いや、もちろん一時的な解除は可能だがね。降りる、と強く思えば降りられるはずだ、ただ気を抜くと浮かぶが」

「本当だ」

簡単すぎて驚いた。さっさと試してみればよかった。特に意識してない状態だと地面から30センチ程度浮かんでいるけれど、地に足を着けることを意識するとすとんと落ちる。ただし喜んだ瞬間すぐに浮いたが。縛《しば》りプレイ決定である。

「街中《まちなか》で浮いているのが恥《は》ずかしいのですが……まあ、気をつけます」

ロールプレイをする人なら大歓迎なのだろうが、あいにく私にその趣味はない。まず慣れるところから始めなければ、とため息をついた。

「まあ、【浮遊】は妖精系統の種族の多くが持つスキルだから（身長は人間の二分の一だが）。

大丈夫だ、気を強く持ちなさい」

　クレマチスさんの慰《なぐさ》めが優しい。気を取り直して次に行こう。次は武器の取り扱いの話だった。私の取得した武器スキルは【糸】である。

「初心者セットというアイテムを、アイテムボックスから取り出してくれ。アイコンをタップしてウインドウの外にスライドさせるか、二度タップするかでできる」

　言われた通りにタップするが、空中を叩《たた》くという動作に違和感を覚える。同じ所で指を留めるには慣れが必要だ。数度のチャレンジで無事に取り出しに成功した。地面に落ちたのは一抱えほどの木箱だった。蓋《ふた》を開ける。

「初心者の糸。初心者ポーション。初心者マナポーション。初心者ポーチ。メモ帳、鉛筆、5000エーン」

　箇々のアイテムに名前が表示されたのは【識別Lv．1】の仕事だろう。しかしアイテムボックスがあるのになぜポーチが必要なのか。

「うむ、不思議だろう？　しかしこれは必要なのだ。なぜなら戦闘中及び生産中にはアイテムボックスの使用に再使用制限時間がかかるからだ。一度使うと20秒開けなくなる、その間を補助するのがポーチや鞄《かばん》の類《たぐい》だな」

　クレマチスさんの説明とともに渡されたポーチを開けてみた。なるほど見た目通りの小さなポーチである。手に握りこめるサイズのポーション瓶《びん》が二本ずつ、メモ帳と鉛筆と小銭入れくらいまでならゆとりを持って収まる程度の大きさしかない。

「もっと高級なものだと同じ大きさでも沢山《たくさん》入ったり、盗難防止機能がついていたりするんだがな。まあ最初の鞄だからこんなものだ。さて、それではポーチも身につけたな？　いよいよ武器の取り扱いに移ろうか」

糸玉を手に持って拝聴《はいちょう》する。この糸という武器は現実にある糸とはかなり趣《おもむき》が異なり、まず魔力のある種族向けの武器であるという。

糸に魔力を染《し》み渡らせて操作し、相手を攻撃するのだという。イメージと相応のMPの消費を以《もっ》て糸にある程度の性質の変化をもたらすこともできるそうだ。

「では練習してみよう。これから最初の街の周辺でよく見ることになる魔物を召喚《しょうかん》するので、自分の思う方法で倒してみてくれ」

クレマチスさんが手を叩くと、地面が丸く光り兎《うさぎ》が現れた。兎なのに牙がある。——よし。

7話　糸という武器

「言い方が悪かったかな。糸を使ってくれないと練習にならないんだが」

兎をストンピングで仕留《しと》めた私を迎えてくれたのはクレマチスさんの引きつり笑いだった。全くその通りです、申し訳ありません。

「もう一度やるから、今度は糸を扱う感覚に慣れてくれよ」

再び同じ兎が現れたので、今度は糸玉を使うことを意識する。糸に魔力を染みこませ……魔力とは何ぞや。

「クレマチスさん、魔力とはなんでしょうか？　今までの人生で魔力というものを扱ったことはないのですが」

想像はつくけれど、それが自分にあるはずと言われても困る。伊達《だて》に現実世界で今まで生きていないのだ。

「すまんうっかりしてた。なんかあんたなら使えそうな気がして。すまん」

慌《あわ》てた様子のクレマチスさん曰《いわ》く、魔力は血と共に体をめぐっているそうで、起点は脳か心臓が多いという。鼓動《こどう》に集中してみろと指示を受けて目を閉じて暫《しば》し、鼓動とは別のなだらかな流れを発見した。流れる経路は共有しているが動き方は全く別のものだ。

血流に比べてか細いそれが気に入らず、流れを速めた。足の先から脳天までめまぐるしい速度で回り始めた魔力（仮）に、今度は量を増やさせる。おお太い。しかし心臓付近にはまだ滞留魔力がある。太さに限界を感じ、次は密度を上げて廻《まわ》した。

サボる魔力を一片も残さず働かせて満足した私は目を開けた。明らかに引いた顔のクレマチスさんがいる。

「何か？」

「い、いや。才能あるよあんた。魔力が動いてるから、もう糸に染み込ませるだけで使えるはずだ」

恐らく褒《ほ》め言葉だろう返答を頂いて、私は改めて糸玉に魔力を染み込ませる作業に移った。持っている掌《てのひら》からみるみる糸になじむ魔力。それを編み上げて投網《とあみ》を作り、兎に投げた。絡《から》まった兎を地面に叩きつけて終了。

「なんか違う……」

何か背後から聞こえた気がしたが、振り返れば首を振っているクレマチスさんしかいないので気のせいだろう。そのあとも何パターンか兎で試して無事合格をもらった。

「いや、まあ最後まで受けてくれてありがとうよ。うん。糸の使い方も前衛《ぜんえい》的なものから古典的なものまでばっちりだしな、うん。最後に必要ないかもしれないが一応ショートカットの設定を教えとくわ」

そう言われてメニューを言われるままに操作して、私の視界にはとあるボタンが二つ付いた。セクハラ通報とGMコールである。ゲームの世界でも下衆《げす》は下衆だから、ということらしい。

「それとスキルなんだけどな、練習するなら冒険者ギルドの訓練所が役立つと思う。街中で騒ぎを起こすと憲兵に逮捕《たいほ》されるからな。スキル詳細《しょうさい》は【識別】持ってればスキルから表示させられるから有効活用しろよ」

随分打ち解けて口うるさい母親のようになった男性クレマチスさんがあれこれと注意点を並

べてくれる。すでにメモ帳は三分の一ほど埋まってしまっている。後で整理しておこう。

「たくさんのことをありがとうございました。精いっぱい楽しみたいと思います」

いつまで経《た》っても注意事項の話が終わらなさそうなので、きりのいいところでお辞儀をした。私もそろそろ冒険がしたいのである。大人だから言わないけど。

「はっ、ああ、すまん。黙って聞いてくれる人なんて珍しくてな、つい……さて、じゃあいよいよ出発だ、良い旅を！」

クレマチスさんが手を振ってくれたので右手を挙げて挨拶《あいさつ》。長いチュートリアルであったが、とうとう私も冒険に出られるわけだ。待ち受けているのは、どんなところなのだろう。

私は知らない。期待に胸を膨《ふく》らませた私が消えた後、クレマチスさんが「チュートリアルでスキル生やしすぎた天才」とか、「糸の可能性を見たわ」とか「リアル女王様」などと、ナビゲーションキャラクター仲間に話して回ったことを。それを知るのはだいぶ先である。

8話　冒険者登録と初クエスト

現代ではありえない街並みに、過ぎゆくカラフルな人波。縁日《えんにち》の屋台とは全く異なる露天《ろてん》商《しょう》たちや飛び回る妖精たち。最初に見えたのはそれらだった。感動に目を瞠《みは》り、続いて自分も浮いていることを思い出す。

「ふっ」

気合いを入れて地に足を着けた。これは二重の意味である。どうしても気分が浮《うわ》つくのを感じているが、良い大人としてははしゃぎまわるのは避けたいところだ。さて、クレマチスさんの助言集によれば、まずは金策からということになる。

メニューから、マップを常時表示状態に変更する。このマップは、自分の行ったところや購入した地図データを反映して常時更新される優《すぐ》れものだ。気に入った地点を自分で記録して自分だけの地図を作り上げていくそうな。

最初の街だけは主要な施設はすでに記載されているので、それに従い冒険者ギルドへ歩き始めた。背後が何やら騒がしいが、今私は忙しい。無視。

初期地点は、この街では噴水《ふんすい》である。噴水から四方に伸びる大通りのうち南側に冒険者ギルドはあるらしい。数分で到着した。どうでもいいがなぜギルドには酒場が併設《へいせつ》されているのだろう？　特に関係はないだろうに。

飲んだくれている髭親父《ひげおやじ》たちの間をすり抜けるようにして受付カウンターへ向かった。始めたばかりのプレイヤーが既《すで》に飲んだくれているとは考えづらいので街の住民だろう。

「いらっしゃいませ。冒険者ギルド、イチの街支部へようこそ！　ご登録ですか？」

最初の街だからイチの街なのか。安直ではあるがわかりやすい。肯定すると受付嬢――可愛らしい娘さんである。プレイヤーに狙《ねら》われないことを祈る――は一枚の紙を取り出した。

「ではこちらに必要事項を記載の上、下の部分に魔力をお流しください！」

感じのいい応対だ。無駄がないところも好ましい。大人しく名前を書き、緊急クエストと指名クエストの取り扱い等の同意事項にチェックを入れた。魔力は書きながら流したので問題ない。

「はい、ありがとうございました。登録作業を行いますので少々お待ちくださいませ」

01と記載された番号札を渡された。銀行か役所のようだ。手持ち無沙汰《ぶさた》になったので、ギルド内をぶらついてみようか。

受付カウンターの横から奥に向かって扉が見えるのでそちらに歩く。手前から、訓練室、会議室、階段、応接室、給湯室、スタッフルーム、ギルド長室。間口に比してかなり奥行きのある建物らしい。いずれも使用許可なく立ち入りを禁ずとあるので、受付かどこかで許可を得る必要があるのだろう。

「1番でお待ちの辰砂様。お手続きが完了いたしましたのでカウンターへお越しくださいませ」

不意に天井から声が降ってきて驚いた。完全にお役所だ。思わず少し浮いてしまったが、何もなかったかのようにカウンターへ向かった。浮いてない、浮いてないぞ。

「大変お待たせしました、こちらが辰砂様のギルドカードでございます。簡単な身分証にもなっておりますから、各街や村に出入りする際は必ずご携帯ください。口座機能に関してはご説明が必要ですか?」

　立て板に水の受付嬢曰く、ギルドに信用金1000エーン以上預けておくことで、安全かつ効率的に自分の資産を管理できるのだという。他のギルド支部でも預け入れ、引き出し、振込や送金が可能らしい。しかし現在手持ちは5000エーンのみ。今20%失うことに意味を見いだせない。

「よくわかりました、ありがとうございます。いつか小金持ちになったら開設をお願いしたいです。その時にはどうぞよろしく」

　やんわりお断りしてお暇《いとま》する。受付嬢は最後までにこやかだった、立派《りっぱ》な心がけだと思う。笑うのが得意ではない私としては見習いたいところだ。

　ギルドを出た私は道の端に寄り、メニューを開いた。クレマチスさんの説明通り項目が増えている。クエストの欄《らん》を開くと、現在いる街の冒険者ギルドで受けられるクエストが表示されるのだ。いつ気が緩《ゆる》んで浮かぶかわからない身としては人ごみは避けたいところであり、この機能はうってつけだった。

「薬草類の採集……銅鉱石の採掘……ファングラビットの討伐《とうばつ》及び肉の納品……兎肉仕入れ……子守《こも》り（半日）……」

　依頼は実に多岐《たき》にわたった。子守りは向いてないから除外するとして、最初は素直に薬草類の採取から始めるべきだろうか。詳細だけでも確認する。『モグリ薬品店』が依頼主のようだ。

『主人が足をひねってしまってしばらくノース山の採集ができません。指定の薬草類の納品をお願いいたします。希望品質B以上。期日：本日日暮れ』

物凄く怪《あや》しそうな店名だが、依頼内容は至極《しごく》真っ当である。指定された薬草は15種類ほどで各30束。報酬《ほうしゅう》額は10000エーン。安いのか高いのかわからないが、【調薬】スキルを持つ私には悪くない気がする。何しろここに記載されている草はすべて薬に使えるということなのだから。早速受注する。軽い電子音とともに、クエストの残り時間が視界の端に浮かんだ。遅刻はしないで済みそうだ。

9話　採取準備と通りすがりの暴漢

意気揚々《ようよう》と地に足を着けて歩く。向かう先は生活雑貨店と金物店だ。鋏《はさみ》やスコップ、袋類、つるはし等の基本的な採集グッズを買い求めなければ。品質指定があるのなら、ただ引き千切《ちぎ》ればよいというものでもないだろう。

大通りを一本またいだ先の少し細い脇道《わきみち》に、可愛らしい店があった。生活雑貨と言うにはいささかファンシーだ。店先に飾ってあるのは簡素なアクセサリー類である。ピンクの物がかなり多い。

「おやあ、いらっしゃい。何が入り用だい？」

店先の雰囲気《ふんいき》に反して、出てきたのは貫禄《かんろく》のある中年女性だった。この方の趣味なのだろうか？　まあいい、採集道具が欲しい旨《むね》を伝える。

「あんらまあ。来訪者ってのは見かけによらないもんだけどあんたは特別よらないねえ。そんな細腕でピッケル使うのかい？　腕折るんじゃないよう」

違います、これは竜胆さんの趣味ですと内心で反論しつつ、おばさんの悪気はない悪口を聞き流した。薬草はまぜこぜに入れるとおかしな作用を起こすことがあるということで、袋の枚数は予備を含め50枚ほど。1000エーン。初心者ピッケルと初心者鋏、初心者スコップはなぜか同じ値段で各300エーン。【鍛冶】スキルを持つ者なら、もっといい物を作れるそうだ。私も取っておけばよかったろうか。それからノース山には美味《おい》しい湧《わ》き水があるということなので大き目の水筒2本600エーン。

「あんた、ノース山には魔物が出るけどポーションなんかは要《い》らないのかい？」

親切なおば様にポーションも勧められたが、まだ初心者ポーションは10本そのまま残っているので遠慮した。その代わり、日差しが結構強いのでフードつきのマントのような外套《がいとう》を買った。2000エーン。しめて4500エーンの支出である。早いところ取り返さねばなるまい。

「はいよ、毎度あり。あらあらあんた魔法使いなのかい？　何だってピッケルなんかいるんだろうねえ、さっきもエルフのあんちゃんがピッケルしこたま買って行ったし来訪者ってなあ変わってるさねえ」

【空間魔法Lv．1】で使えるストレージを開いたのが見えたらしい。そしてエルフでありながら鍛冶の道を選んだ変わり者の先達《せんだつ》もいるようだ。茨《いばら》の道を往《ゆ》く者はどこにでもいる。

簡単にお礼を述べて噴水広場へ戻る。北の門を出ればノース山が見えるらしい。街の中からは全く見えないが、そのあたりはさすがゲームである。と、何やら騒がしい。

「やめんか！」

「るせー！」

騒ぎが起きている方に向かうのは物凄く気が進まないが、クエストの期日は今日中である。それほど猶予《ゆうよ》があるわけではないので、早速外套のフードを活用して足早に通り過ぎようとした。

「おっらああ！」

野太い気合いの声と、見計らったかのようにこちらに飛んでくる人間。信じられない間《ま》の悪さにがっくりしながら糸玉を解《ほぐ》した。ちなみに糸玉は袖《そで》の中に隠している。糸玉を掲《かか》げて戦うのはいかにも実用的ではなく、また贔屓目《ひいきめ》に見ても格好《かっこう》悪い。幸い手が届く範囲くらいにある糸は使用可能だということなので、常《つね》に手ぶらで過ごしていこうと思う。

さて、若干気を散らしてしまったが飛んでくる人間がいなくなったわけではない。噴水前で暴れる馬鹿者が憲兵《けんぺい》を投げ飛ばしたようだ。大人しく捕まってろよと思いながら、哀《あわ》れな憲兵を受け止める。網《あみ》にしたから骨折などはないだろうが、念のため声をかけよう。

「お怪我《けが》などありませんか？」

「ああ、すまない……っ!?　い、いや、大丈夫だ!!　本官大丈夫であります!!」

最初はよろめいていたが、にわかに元気になって直立不動になった憲兵A。大丈夫そうなので、さっさと移動しよう。

「では、これで……」

「何助けてんだ糞《くそ》が、ああ？　死ねや」

何故《なぜ》私に絡む。北の門に向かわせてくれ。内心の毒づきなど気づきもせず、馬鹿者がいつの間にかこっちに走り寄り、ナイフを私に刺そうとしていた。

「あぶなっ――」

憲兵Aが手を伸ばしている。そんなに目を開くと目玉が零《こぼ》れ落ちるのではないだろうか。どうでもいいことを考えながら馬鹿の手首に手を添えた。袖口から出した糸を馬鹿者に絡めていく。竜胆さんは私のことを結構よくわかってくれていたらしい。この武器は私と相性がいいようだ、思う通りに動いてくれる。

「あれ？　あれあれ？」

馬鹿が身動きできないように糸で縛り上げていく。後は憲兵に引き渡してとっとと逃げよう。

「ご協力感謝します、来訪者」

「いいえ、では、これで失礼します」

憲兵Aは下っ端《したっぱ》らしく、私の糸の上から縄《なわ》で縛りなおしていた。もう大丈夫そうだし、糸を回収しておこうかな。ちょうど全《すべ》てを回収したところで声をかけてきたのは憲兵Bである。ちょび髭が結構偉《えら》そうなのでAの上司に違いない。適当に返し、そそくさと逃げだすことにやっと成功する。なかなか思い通りにいかないものだ。

10話　泉の精霊さん

北の門でカードを見せて、やっとのことで街を脱出できた。とはいえ初日だけあってそこらじゅうにプレイヤーらしき人が闊歩《かっぽ》している。猪《いのしし》や兎の雑魚《ざこ》モンスターがポップするたび奪い合うように殺されていて気の毒すぎる。見なかったことにして目の前にそびえるノース山へ進もう。

見えるとはいえ結構距離があるなと思いつつ歩を進めること15分。山に用事のあるプレイヤーは少ないのか人影がなくなった。ちょっと横着してしまおうか。

宙に浮かんで【空中移動】を意識する。残念ながら移動スピードが一番速いのが空中移動なのである。地上5メートルの制限はあるものの、距離を稼《かせ》ぐには有用だ。足を動かさないのに移動できる状態は物凄く落ち着かないのだが、制限時間があるから仕方ないと自分に言い聞かせながら突き進んだ。

街道を進めばどうしても雑魚に遭遇《そうぐう》してしまうので、糸でひっかけては引きずり殺しながらノース山に無事到着。所要時間は大体20分か。MPの消費は500程度、全速で1分あたり25消費するということだろう。今のMPが200程だから、あと10分も持たないのか。若干燃費が悪い。糸の操作に関しては、千切れたりしない限りMP消費はないようだ。エコである。

どこかから工事現場のような音が聞こえてきているが、闘っているか何かしているのだろうと結論づけて私は私の仕事に勤《いそ》しむことにする。すなわち採集である。

下生《したば》えを、【識別】を意識しながら眺めていく。聞いたことのない草の名前が無数に表示されて眩暈《めまい》がした。こんな状態で魔物の来襲《らいしゅう》に備えるのも面倒《めんどう》なので、あらかじめ糸を周りに漂わせておこうか。

私の今の技量だと、半径3メートル以内に全部で15本ほどの糸を浮かべるのが限界のようだ。一本一本が頼りなく、糸に何かが触れたことを知らせる程度の力しか持たせられなかった。まあ、これも使っていくうちにコツなど摑《つか》めることを期待しよう。

メモ帳に書き留めた指定の薬草と同じ名前の草を探す。種類は多いが、狙う草はなかなか見つからない。1時間ほど山を登りながら探して、3種類以外は目処《めど》が立った。その3つだけは一本もないので、違う場所に生えているのだろう。

「木立《こだち》の中にはないか……」

休憩《きゅうけい》しようかな。採集のために視《み》っぱなしだった【識別】を一旦《いったん》やめて立ち上がった。ストレージに袋を収めて、獣道《けものみち》をたどって山を登る。道具屋で聞いた美味《おい》しい湧き水を飲んで気分転換しよう。折角水筒も持ってきたわけだし。

誰もいないのをいいことに浮かんだまま山道を進んでいく。人間がダメになりそうな楽さがあるが足の裏の違和感が凄《すご》い。どこにも体重がかかっておらず上がりも下がりもしないのだ。今度クッションか絨毯《じゅうたん》に乗って浮かんでみようか。

くだらないことを考えているうち、おば様に聞いた場所に着いた。険しい岸壁をつたって流れ出る水が小さな泉を作っている。明らかに他の所とは雰囲気が違った。小さいが石の祠《ほこら》がある。信心深い人もいるものだ。

「失礼いたします、お水を分けて頂きに参りました」

一礼して、挨拶だけはしておく。どうもこの手のものを無視するのは性《しょう》に合わないのだ。早速水筒を取り出して水を汲《く》んだ。冷たい。湧き出して溜《た》まっている水なのに、なぜ気温とかけ離れて冷たいのだろう。これもゲーム故《ゆえ》なのか。

「まあ、これはご丁寧にどうも。どうぞお好きなだけ持っていって」

ん？　誰かの声がした。顔を上げてみればそこには気配の欠片《かけら》もない、半透明の老婆が立っていた。いや、立っているというのもおかしな表現だ。泉の上に浮いているのだから。

「失礼ですがどちら様ですか」

「あらあらご、名乗りもせず、無礼だったわね。私はこの祠に住んでいる精霊よ。ここってと

てもきれいな水でしょう？　居心地《いごこち》が良くて、長いこと住んでいたら麓《ふもと》の街の人が祠を作ってくれたの」

精霊さんはころころと笑いながらありがたいわよねえ、と続けた。でも、と笑顔が陰《かげ》る。

「なんだか近頃胸がざわざわするの。良くないことが起こりそうだからね、あなたも早いうちに街にお戻りなさいな」

「お言葉はありがたいのですが……」

私にも請《う》け負った仕事というものがあるわけで。未《いま》だ見つからない3種類の草を探さなければならない。事情を話すと精霊さんは手を打った。

「そりゃあいくら探しても見つからないわよ、それは全部水辺の草だもの。泉の周りに沢山《たくさん》生えてるわ。それにまあ、あなた、グレッグの代わりに来た人なのね。あの子も長いこと来てくれてるのよ。いつも挨拶してくれるの。だけどこの間、足をひねっちゃったのよね」

グレッグとはモグリ薬品店の店主の名前だそうで、祠を立てたのはグレッグ氏の祖父らしい。店名に似合わぬ誠実な人柄《ひとがら》が窺《うかが》える。

「季節風邪に効《き》く薬を作り置きするんだって、いつもより大きな背負子《しょいこ》を背負ってたの……それで、いつもなら届く足場に降りられなくてねえ……私がもうちょっと強い精霊だったら受け止めてあげられたのにねえ……」

精霊さんは話しながら泣くという器用なことをしている。私はそれを聞きながら採集を続けているので、どっこいどっこいかもしれない。あんまり涙が流れるので、途中で糸をハンカチ状に編《あ》んで渡したくらいだ。

「どうしたら精霊は強くなれるのですか？」

指定の数よりもだいぶ多めに採集して、【調薬】スキルの練習分も別に確保した私は、精霊さんの話にもうしばらく付き合うことにした。浮いて移動すれば、まだ時間に余裕もあるし、この状態の精霊さんにさよならと言えなかったのもある。

「そうねえ、綺麗な場所に住んで、水の魔力を沢山貯《た》めるか。水の魔力をたくさん含んだものを食べるか。そういうことをすれば、少しずつでも強くなれるわねえ」

精霊さんはハンカチを握りしめたままだ。私が帰る際には返してくれると嬉しいのだが。

「あとは、高位の精霊の眷族《けんぞく》になるとかね。だけど、高位の精霊様なんて何処《どこ》にいるかすらわからないしねえ、現実的じゃあないわ」

「そうですか……すみません、力になれそうにないです」

残念ながら、心当たりも伝手《つて》もない。このお人好《ひとよ》しそうな精霊さんの力にはなれそうもなかった。思わず謝罪が口から出たが、精霊さんは驚いたように手を振った。

「そんなこと気にしないで頂戴《ちょうだい》、あなたは私の話を黙って聞いてくれたじゃないの。聞いてくれるだけでどんなに気持ちが楽になったか、本当にありがとう」

何となくもやもやしたものを抱えながらの帰り道になった。いつの間にか工事中のような音は消えていて、とても静かだった。夕暮れが迫っていたこともあり、私は全速力で街まで飛んだが、気は晴れないままだった。

『称号：【水精の友】が追加されました』

11話　掲示板2

【殺戮《さつりく》される】雑談掲示板その3【兎たち】

1．カール王子
うむよく来た。ここは∞世界の話題で盛り上がる雑談掲示板である
楽しんでゆくがよい
荒らし耐性のないものはスルーした方がよいだろう
次スレを立てるのは∨∨950に頼もうか

過去の雑談掲示板はこちら☆
【世界初】雑談掲示板その1【日本初】

【ブレない】雑談掲示板その2【受付嬢】

――――略――――

372．チキンの肩ロース
噴水前が騒がしかったけど何かあったんかな

373．兄貴
あーあれ？　何だったんだろな、犯人プレイヤーじゃなかったけどな

374．マリン
そうなんだ。てっきりプレイヤーだと思ってた。クエストだったのかも？

375．ポークの手羽《てば》
犯人取り押さえた人だけプレイヤーぽかった。憲兵が「来訪者」って言ってたし。来訪者ってプレイヤーのことだろ

376．ムラオ
＞＞372と＞＞375はパーティ組むべき

377．俺の拳《こぶし》は世界一
なあ……俺、取り押さえた人の背後にいたんだが……あの人が何したのかわからんままなん
だが……視力に自信あっただけにショック。合気《あいき》じゃなかった
手首押さえたら急に犯人が身動き取れなくなってた

378．兄貴
あー。それならたぶん武器スキルの【糸】だわ。ほっとんど見えない。うちのパーティにも
一人いる。攻撃力がＭｎｄ、Ｉｎｔ依存の特殊武器な。詳《くわ》しくは専用スレ行ってくれ

379．俺の拳は世界一
武器かよ！　道理で見えないわけだ、納得。そりゃいい匂いもするわ

380．マリン
通報しました

381．ムラオ
通報しましたw

382．チキンの肩ロース
通報しました

383．俺の拳は世界一
ちょw　やめてw
フード被ってて男か女かもわかんねーのに何すんだよww

——続く——

【鉄は熱いうちに】鍛冶屋の集《つど》い　1本目【銅も熱いうちに】
鍛冶屋を目指すものよ、この掲示板に集え！
ここは鍛冶にまつわるありとあらゆる情報交換の場だ！

ドワーフに限定する心の狭い奴等《やつら》は放っとけ！
鍛冶屋を目指す心に貴賤《きせん》などない！
次スレは∨∨980に依頼する！

――――略――――

439．鉄男《てつお》
今のところ一番効率良いのはノース山ってことかね

440．ノンショックハンマー
サウス山はガラス系の素材ばっかり出てくるし、ウエスト山は粘土《ねんど》ばっかりだしなあ。イースト山だれか行った？

441．はがねのよろい
イースト山もいまいちだな。ちょっとだけ軽銀でるけど、水晶とかランク低い宝石系がほとんど。細工師《さいくし》の方が向いてる

442．鉄男
こりゃ明日からノース山賑《にぎ》わうなあ。夜のうちに行っとこうかな

443．マリー
夜の魔物の生態調査兼《か》ねて行ってきてｗ

444．黒アールヴLOVE
※ノース山に関して連絡事項※
詳細不明の魔物が出没し始めた
少なくともレベル13のエルフの体力を一撃で削《けず》りきる攻撃力を持ってる
直前まで採掘してたから、察知が遅れたのは間違いないが、それにしてもかなり速い。振り返る暇《いとま》もなかった
これからノース山行く人は要警戒《けいかい》。パーティ推奨《すいしょう》。情報提供待ってます

445．ノンショックハンマー
Oh…

446．マリー
え、これマジ？　ガセであってほしいんだけど

447．ドワーフの中のドワーフ
残念ながら本当。俺もやられた。俺のピッケル返せや……

448．鉄男
何という出鼻《でばな》の挫《くじ》き方

449．黒アールヴLOVE
あーもう超辛い!!　俺だいぶ頑張ったのよ!?　採掘魔法で掘って掘って変な洞窟《どうくつ》にあたっても掘り続けて変な石碑《せきひ》砕《くだ》いたけど構わず掘り続けていたというのに!!

450．ドワーフの中のドワーフ
ちょっと待て

451．はがねのよろい

つーか原因それじゃね？

452．正宗《まさむね》
ギルティ

453．鉄男
ギルティ
絶許

454．マリー
満場一致で有罪
頑張って原因取り除いてきなさい

455．黒アールヴLOVE
……え？　え？　マジ？　えっほんとに？　あのー誰かお手伝い……

456．はがねのよろい

(-人-)

457. ドワーフの中のドワーフ
俺は手伝わんぞ
引きこもってインゴット作りまくって恨《うら》み晴らすので精いっぱいだからな

458. 鉄男
(-人-)

459. 正宗
(-人-)

460. 黒アールヴLOVE
うそーん……とりあえず明日また行ってみるわ、続報だけでもあげれますように(-人-)

461．ノンショックハンマー
自分で拝《おが》んでるし……

――続く――

12話　モグリ薬品店

　無事北の門をくぐった私は、モグリ薬品店の戸を叩いた。クエストの報告先はギルドであったり依頼主のところに直接行ったりと統一されていない。今回は、直接のパターンである。

「すみません、冒険者です。ギルドに依頼された薬草の納品に伺《うかが》いました」

　店はすでに閉店して戸締まりされていたので、裏手に回って住宅部分の戸口で声をかけた。

　ややあって戸が開き、おずおずと顔を覗かせたのは小柄な女性であった。

「納品ですか、あの……お店の方へ……回っていただいて……」

　随分気弱そうな声だ、一つ間違えれば苛《いじ》めているような絵面《えづら》になるかもしれない。

「お店の方は閉まっていたのですが、向こうの方がよろしいですか？」

　できるだけ柔らかい口調で尋《たず》ねてみる。悪気はなくとも怯《おび》えられるとこちらも辛い。

「はい、あの……主人がまだ、作業しておりますから……鍵《かぎ》を開けますので、入り口で少し待ってもらえますか……？」

努力は報《むく》われ、安堵《あんど》したような笑顔を見せてくれた女性が奥に引っ込んでいった。店側に行ったのだろう。私ももう一度表に向かう。今度は戸が開いた。

「失礼します」

一声かけて店内へ。暗いのかと思いきや、古風なランプが煌々《こうこう》と店の中を照らしている。蛍光灯じみた明るさがファンタジーな世界観とは不釣り合いだ。

「ああ、あなたが受けてくださった方かな。ありがとう、もう本当に在庫がぎりぎりだったものだから。助かりました」

木製のカウンターの向こうで作業していた男性、グレッグ氏が手を止めてこちらを向いた。立ち上がろうとするのを手で押しとどめてカウンター前まで移動する。

「そちらに入っても？」

了承《りょうしょう》を得て、カウンターの脇《わき》を入っていく。客が通常入ることのないスペースには、表からは見えづらいが沢山の薬包《やくほう》や小さな瓶が仕分けされて並んでいる。

「ご依頼の品はこちらです。評価B未満の物が混じっているかもしれないので、既定数量より多めに採集してあります。C以下のものが必要なければ、こちらで引き取ります、私の練習に使うので」

連絡事項を述べながら、ストレージから各袋を取り出して並べた。作業台が大きいのでゆとりを持って並べることができる。いつの間にかグレッグ氏の隣に先ほどの女性が並んでおり、慣れた手つきで手伝っている。ということはこの方が奥様か。

「おや、あなたも調薬なさるので？　来訪者なのに？」

今のところ不合格品の数は少ない。一種類につき2～3本といったところだ、このペースなら達成できるだろう。

「ええ、とはいえ素人《しろうと》ですが。この依頼をお受けしたのも、薬草の勉強と私の練習を兼ねることができると思ったからです」

正直に答えると、グレッグ氏は少し笑ったようだった。

「来訪者の方はポーションを買うものだと思っていました。今日一日で備蓄もすっからかんですよ。なぜかポーションとマナポーションしか売れませんが」

それはそうだ、なぜなら今日がサービス開始なのだから。全員が【調薬】を取っているわけもない。ふと見れば合否の仕分けももう半分以上終わっている。今のうちに気になることを聞いておこう。

「私にも調薬は可能でしょうか。何をどうしたらいいかすらわからない素人でも？」

「大変非効率であるという他ありませんが、できないわけではありません」

聞いてみれば当たり前の答えが返ってきた。それはそうだ。知識の欠片もない私が草を磨《す》り潰《つぶ》したところで、それが何かの薬になるわけはない。しかしその言い方だと例外があるということだろうか？

「【調薬】スキルをお持ちということでしょう？　でしたら、私の手伝いをしてくださいませんか？　ポーションとマナポーションを今から作りますから。一通り作り方を覚えられると思いますよ」

グレッグ氏によると、売り切れた後も買いに来た来訪者が結構いたそうで、躾《しつけ》のなってない愚《おろ》か者が捨て台詞《ぜりふ》を吐いたりもしたらしい。それでも明日も開店すると言うグレッグ氏に、来訪者を代表して謝罪した。申し訳ない。

「まあ、どんな種族の人でも一括《ひとくく》りにするのは良くありませんからね。熊《くま》の獣人はみんな脳筋《のうきん》だから薬も効かないに違いない、なんて言われ続けた一族としては同じことを他人様《ひとさま》にするのは忍びなくて」

何という言われようだ。口さがない者はどこからでも湧いてくる。思わず顔をしかめてしまって逆に慰《なぐさ》められた。

「ええと、依頼は達成ですね。3種類は品質Aで揃《そろ》っていますし数も50束ありましたから、依頼料には少し色を付けています。こちら、依頼完了の証明書をギルドに持って行ってくださいね。それと、調薬は手伝われますか？」

お金の入った袋とともに書類を預かった。電子音が鳴ってクエストの残り時間表示が消えたので、ゲーム上はこれでクエストクリアということになるのだろう。

「勿論です、粉骨砕身《ふんこつさいしん》やらせていただきます」

グレッグ氏――いや、グレッグ先生は声をあげて笑い、どことなく嬉しそうにすり鉢《ばち》と薬研《やげん》を取り出してきた。すり鉢の大きさがおかしいこと以外はイメージ通りの道具である。

13話　初めての調薬

「私がやると薬研の持ち手が曲がってしまうので、私はすり鉢でやりますが、効率がいいのは薬研です。確かギルドの売店に初心者○○セット、という名前でいろいろな生産用品がセット売りされていたと思いますからそれを購入するのが手っ取り早いでしょう」

ギルドに売店などあったろうか？　聞けばあの併設された酒場こそが売店なのだという。あんな造《つく》りでわかるか！　運営の趣味を疑う。

話を聞きながら、取ってきた薬草類からナオル草を取り出した。初めてということで、私は5束ほどを受け取る。

「【調薬】の乾燥をナオル草にかけてください。思い切りカサカサになるまでかけて大丈夫ですよ。……あ、それくらいですね、上出来です」

グレッグ先生が手早くナオル草をすりこ木《ぎ》で突いて粉砕《ふんさい》していく。粉末《ふんまつ》状になるまですり潰すのだと聞き、私も薬研にナオル草を投入した。一度に沢山入れると溢《あふ》れ出るのが目に見える。一握りずつやろう。

しばし店内に作業音だけが響き、粉末になったものをお借りした皿に盛っていく。

しかしグレッグ先生はさすが本職、いっぺんに20束すべて投入しているのにまったくムラのない粉末が完成している。凄い技能だ。

「あなたは調薬師に向いているかもしれませんねえ。仕事が丁寧だ」

お褒めの言葉をもらい、次の作業へ。ヨクナル草には乾燥をかけず、細かく刻《きざ》んで水を張った鍋《なべ》に投入。とろ火にかけておく。水とヨクナル草の割合を大きく間違えると効能がなくなるらしい。煮つめることによって量を調整しないようにと言われた。

「沸騰《ふっとう》時間を長くすると有効成分が変質しますから、仕上がりがちょうど煮立ったタイミングになるように調整してくださいね。火力を変えたり、手順を入れ替えてもいいですよ」

手が空《あ》いたときに言われたことをメモ帳に書き留めながら作業を進める。カイフク草とカイユ草は同量を混ぜ合わせてから乾燥、粉砕。この時、砕き加減は粗《あら》めにする。

今度は溶け草を一度乾かした後少量の水でふやかす。元の状態に戻ったら刻み、戻し汁《じる》ごと若保草と混ぜる。若保草は溶け草の成分でみるみる崩《くず》れるので見ていて面白《おもしろ》かった。

「これも、水が多いと溶けきらないので注意ですね。若保草を入れるのは、保存性を上げるためですよ」

何でも若保草は入れなくても作れるけれど、一日たつとポーションとして役に立たなくなるそうだ。お茶の代わりくらいにはなりますけど、とのこと。何とも手の込んだ茶である。なお、保《も》たせようとして入れすぎると飲めたものではなくなるらしい。かけて使う分には問題ないが、一週間程度刺激臭が取れないそうだ。

「まあ臭《にお》いに対する価値観は様々なんでね、注文を受ければ作りますけど。鍋が駄目になるからあまりやりたくないです」

豆知識も仕入れつつ、さらにポーション作りは進んでゆく。鍋の底に小さな泡《あわ》が見える程度の温度になったら、カイフク草とカイユ草の混合チップを投入。みるみる沈んで、あっという間に灰汁《あく》が浮くので、根こそぎ回収。灰汁は必要ないので捨てる。

灰汁を取りきる頃には、液体の色が黄緑色に変わっていた。しっかり色づいたら煮立つまで待ち、煮立った瞬間ナオル草を投入。すかさず鍋を火から下ろして自然に冷ます。冷めたら布で濾《こ》して、溶け草と若保草の混合液を半分入れた。

「あとはこれを容器に入れて出来上がりですね。うちは瓶です、使った瓶を返してくれたら一本10エーン値引きしてますから大事に扱ってくださいね」

なんとクリーニング屋のハンガーのようなサービス付きであった。品質C、使用期限3カ月の物が一本510エーンで10エーンが瓶代とのこと。一番必要なナオル草、ヨクナル草、カイフク草、カイユ草が30束、他は15束ずつでできたポーションは30本。

手間《てま》を考えるともっと高くしてもいいのではないだろうかとも思うが、普段は大鍋いっぱい作っているそうで、それなら解らなくもないなと思い直した。

マナポーションも同じ手順であった。草の名前が魔力草、ワキデル草、モドル草、メグル草に変わっているだけである。溶け草と若保草の残り半分はこちら用だった。ちなみに値段はこちらの方が少し高く、710エーン。瓶のサービスは同様。

「魔力草は少し採取が難しくてね。辰砂君はすべて品質Aで持ってきてくれたから驚いたよ」

ほほう、値段に色が付いたのは魔力草が一役買っていたのか。魔力草は精霊さんの泉の周りにあった、触るとぱちぱち弾《はじ》ける草のことだ。精霊さんの助言に従い、できるだけ触らないように袋を被せながら採集したのが良かったのか。次はハンカチか手袋を持参するつもりである。

「精霊さんのアドバイスが良かったのでしょう。ああ、彼女、グレッグ先生のことを心配されていましたよ。早く治して元気な顔を見せてあげてくださいね」

私が何気なく伝えた言葉に、グレッグ先生は数秒固まった。ちなみに先生と呼ぶのは調薬の先生であるからだ。いつの間にか私も君付けされているし、教師と生徒ということでいいだろう。

「精霊さん、は……あの泉の祠にいらっしゃるのかな？」

「ええ、お元気そうでしたよ。先生を助けられなかったと悔《く》やんでおいででした。いつもご挨拶なさってるのでしょう？」

　グレッグ先生は、そうだね、とだけ呟《つぶや》いて、ちょうど冷めた頃合いのマナポーションを濾し始めた。何かを考えている様子で、邪魔することもないかとその後は無言のままであった。

14話　満たされない空腹

「夜分遅くまでお邪魔いたしました」

　気がつけば月が高く上がっている時間帯であった。夕食までご馳走《ちそう》になってしまい恐縮《きょうしゅく》しきりである。

「いいんだよ、妻も辰砂君には随分打ち解けたようだし。私の足が治るまで、君を指名して依頼したいくらいだけど……君にも都合があるだろうからね」

　遠慮したのだが、夫妻で玄関先まで見送ってくれた。グレッグさんは杖《つえ》に頼っている。奥さんとの体格差がありすぎて、杖なしでは身体を支えきれないのだ。さすが熊《くま》獣人である。ちなみに奥さんは人族らしい。

「私でよろしければ、こちらこそお願いしたいです。調薬のお手伝いも、この若輩者《じゃくはいもの》でよければやります」

「ああ、そうか。そう言ってくれるとありがたいよ。では明日の早いうちに出しておくからね、指名依頼はボードではなく受付で直接聞いておくれ。内容は同じで、採集量を増やしておこう」

親切な申し出に、思わず浮き上がりそうになりながらも冷静を装ってお暇《いとま》し、そそくさとギルドへ移動する。下手をすると地を蹴った弾《はず》みで浮きそうである、これはまずい。

何とか浮かずに受付へ到着した。預かった証明書とギルドカードを一緒に渡すと、昼間と違う受付嬢が何やらカードをスロットにくぐらせている。

「採集ということでしたが、レベルが随分上がってらっしゃいますね？　もし常時依頼扱いの魔物の討伐をされていましたら、該当《がいとう》するドロップアイテムを納品していただければクリア扱いにできますよ」

ん？　言われてカードを検《あらた》めてみると確かにレベルが8になっていた。あの移動中にひっかけた雑魚たちで結構な経験値を稼いだらしい。そういえば帰りの雑魚は行きよりだいぶ多かった。

常時依頼で出ているのは、ファングラビットとボールボア。討伐数はギルドカードに記録されており、納品は一匹につきドロップ品一つでいい。ただし討伐数を超える数、納品したとしても、討伐数以上の報酬は貰えない。

「一匹分を根こそぎ納品させるようにすると、誰もやらなくなりますもの。あまり割は良くありませんが、事前に受注する必要もありませんし、何かのついででこなせるクエストですから人気なのですわ」

おっとりした受付嬢の説明を受けて、アイテムボックスの中身を見る。ドロップ品は、自動でアイテムボックスに収納される。アイテムボックスがいっぱいだとドロップ品は地面に飛び散る。そのアイテムには所有権がないため、盗まれることもあるのだとか。

レベルが10上がるごとに、アイテムボックスの枠は拡張される。初期状態では30枠であるが、10枠ずつ大きくなるそうだ。生産者から考えると、ずいぶん少ないように思う。

「なので、マジックバッグの類は冒険者さんの必需品《ひつじゅひん》ですの。値《ね》は張りますけれど、手が空いていないと命に関《かか》わりますからね。まあ私たちからすれば、来訪者さん方のアイテムボックスも十分羨《うらや》ましいですわ」

やはりプレイヤー限定の機能なのか。相槌《あいづち》を打ちつつ、ファングラビットの毛皮を30枚とボールボアの毛皮を24枚取り出した。肉はもちろん食べたいし、牙は細工に使えればということで取っておくことにした。

「どちらも5体で300エーンですわ。ボールボアは端数《はすう》が出ますから4体はお返しします。そして納品いただいたのが毛皮ですから一枚当たり50エーンです。締めて5500エーンとなりますが、よろしいですか？」

うーむやはり雑魚は雑魚だけあって安い。まあ、ついでのクエストで期待してはいけない。

了承して受け取りのサインを記入した。

「ありがとうございました。またのお越しをお待ちしてますわ」

見送られながらギルドを出てため息をついた。はっきり言おう、私は今、切羽詰《せっぱつ》まっている。——空腹なのだ。明らかに異常である。何故《なぜ》かモグリ薬品店で夕食を頂いている最中からずっと空腹なのである。

食事で満たされない謎の空腹感を抱えて、とりあえず寝ようかと宿屋へ向かう。この強まるばかりの空《す》きっ腹で寝つけるかどうかはわからないが、このまま彷徨《さまよ》っていても余計に腹が空くばかりである。

チュートリアルでは食事で満腹度が回復するはずなのだが、とステータスを眺める。食事をとる前はどうだったかわからないが、ＥＰは残り12だった。10を切ると確かＨＰが減っていき、0になると同時に死ぬはずである。『初死に戻り』が餓死というのは何としても避けたい。

朝になるのが早いか私が死ぬのが早いかの瀬戸際《せとぎわ》で歩いていると、路地裏から柄《がら》の悪い若者が数名現れた。丸腰だし、服装からしてプレイヤーとは思えない。タチの悪い住民だろう。関わらないに越したことはないと少し端に寄るべく歩く向きを変え、そのまま足を止めた。若者たちが道に広がったのである。

「すみませんがそこを通してもらえませんか？」

にやにやと笑うばかりの若者たちに、一応声をかけてみる。ほぼ間違いなく良からぬことを考えているが、念のため。

「こんな夜遅くに出歩いちゃあダメだぜえ？」

「可愛いんだから悪い奴にさらわれちまうぜぇ？」

「俺らみたいななぁ！」

古典的な台詞回しで若者たちが襲《おそ》いかかってきた。素人である。一対多で事を構える時には、包囲して全方向から攻めた方が良い。この者たちは前方に広がるだけであり、襲いかかり方も工夫がない。一言でいうと舐《な》めプである。

15話　吸精

腹が減って気が立っていたこともあり、ほんの少しだけ手荒になってしまった。いや、彼らは鈍器《どんき》を構えていたので正当防衛だ。ちょっとだけ顔が腫《は》れているけど許容範囲内である。糸でひとまとめにぐるぐる巻きにしてやった。チャーシューみたいで旨《うま》そうだ。

見回りでも通りかからないかと少し待ってみた。こいつらを引きずって憲兵の駐在所に行くのは面倒だし、残り少ないＥＰがさらに減少してしまう。ＥＰに意識が行くとまた空腹感に苛《さい》まれて、思わず愚か者どもを睨《にら》みつけた。

「くそ、俺らをどうするつもりなんだ……」

いつの間に意識が回復したのか、まるで被害者のようなことをのたまう愚か者Ａ。どうするもこうするも憲兵に突き出すだけである。ふと、大きく開いた襟《えり》から首筋が月明かりに照らされているのが気になった。目が離せない。

「死ぬわけでもなし、大人しく牢屋《ろうや》で臭い飯《めし》を食べなさい」

私の通告に愚か者Aは顔を歪《ゆが》めた。そんなに嫌なら最初から捕まるようなことをしなければいいのに。しかし、何かを思いついたのか必死な顔で言い募《つの》り始める。その上下する喉仏《のどぼとけ》と連動する筋肉が気になって仕方ない。

「な、なあ、見逃してくれよ、なんかしてほしいこととか欲しいもんとかないか？　俺、これでも結構顔利くんだぜ、なあ、あんた名前なんていうんだ」

Aの言によれば、Aはもうじき親の仕事の手伝いから、代理になれるらしい。質問には答えないままAのくだらない話を聞き流し、憲兵を待つ。ああ、旨そうな喉だ。あまりちらちら動いてほしくない、我慢《がまん》できなくなりそうだ——。

そこまで考えてからふと我に返り、私は私の飢餓《きが》感の理由に思い当たった。まさか。まさか。

ステータスを開き、スキル一覧から詳細を確認する。

『【吸精】接触した対象からMPとHPを吸い取り自分のMPあるいはHPを回復する。また、非戦闘中に限り対象の合意を得る必要があるが接触した対象からMPとHPを吸い取りEPを回復する。ニュンペーはこのスキルでしかEPを回復できない』

『【魅了】一定時間対象を視界に収めることで、自分に熱烈な好意を抱かせた上で服従させることができる。まれに抵抗されることがある。効果は1時間続き、効果とともに魅了中の記憶が失われる。また戦闘中に彼我《ひが》のレベル差により確率で状態異常：魅了をかけることができる』

何という重要な事柄。これがチュートリアルの際に言及されなかったのは何かの間違いではなかろうか。使うことなどないだろうと思っていた二大スキルが、まさかの必須項目だったとは。

道行く人に「吸わせてください」と言って許可が貰える可能性は0に等しい。プレイヤーなら尚更《なおさら》だ、誰が好き好んでHPとMPをくれるものか。尋常《じんじょう》ならざるアンダーグラウンドなプレイスタイルである。犯罪行為に当たらないか心配だ……。

予想外の事態に困惑《こんわく》する私と、喋《しゃべ》ってる途中で【魅了】にかかっていたのだろうA。思えば喋る内容も途中から何かおかしかった。こいつを最初の犠牲者《ぎせいしゃ》……じゃなくて食事でもなくて、そう、被験体としよう。うん、そうしよう。

「私と良いことをしてくれたら、お前だけ見逃してあげると言ったらどうする？」

早速聞いてみると、Aは喜びに目を輝かせた。何を想像しているかは知りたくもないが、まあ、構うことはない。早速糸を括り直してAだけ拘束《こうそく》を解く。襟首を摑まれているのだが嬉しそうだ。これが好意云々《うんぬん》ということか。

どうしたら【吸精】できるかわからないので、とりあえず気になって仕方なかった首筋に手を添えた。壁にもたれて立ったままのAの心拍数が上がっているのがわかる。そんなに期待した顔をされても扱いに困る。

色々試してみた結果、接触面積が広い方が効率良く回収でき、また対象の意識レベルは低い方が抵抗が少ないこともわかった。向こうがどう感じているかまではわからないが、うっとりしていたので嫌ではなさそうだ。

吸い尽くして殺す、ということはどうやら簡単にはできないようだった。できないわけでもないのだろうが急に抵抗が強くなり、吸う方が疲れる。心なしか老け込んだAを悪漢《あっかん》の集団の中にもう一度戻して憲兵を探すことにした。見逃す約束？　約束なんてしてないから大丈夫。どうするか聞いただけである。

ようやく見つけて引き渡し完了。全く夜遅くまで退屈とは縁遠い一日であった。ゲームというのはこうでなくてはね。

16話　強襲

無事空腹を満たした私は穏《おだ》やかな眠りを堪能《たんのう》した。宿屋が24時間営業で助かった。この辺《あた》りはゲーム的である。腹は膨れないが朝食を楽しみ、機嫌よくギルドへ向かう。

「おはようございます。昨夜は災難でしたね」

受付嬢に挨拶をするとそんな声をかけられた。どうやら昨日の悪漢どもの話が回っているらしい。私としてはとても都合がよかったので、そうなんですよ、と返しておく。

「レベルが上がっていて良かったです」

「本当、乙女の敵ですよね。いっそ潰しちゃってもよかったくらいですよ！」

なかなか過激な受付嬢を宥《なだ》めつつ指名依頼の書類を貰う。受け取った瞬間に残り時間が表示される。よし、今日も採集に勤しみますか。

朝の市場の賑わいを通り抜ける途中で布手袋を一つ購入してからノース山へ向かう。これで魔力草を効率よく集められる。

今日も兎は蹂躙《じゅうりん》されている。昨日よりプレイヤーがいる範囲が広く、猪もサーチ・アンド・キル状態だ。早めに出発してよかった、まだ人目を気にせず飛べるほど羞恥心《しゅうちしん》が捨てられない。気持ち早足に通り抜けてから飛んだ。早く行きたいのだ。

手早く草を集めていく。手袋が早速大活躍だ。草の葉で手を切る心配もない。調子よく集め切って泉へ向かう。このペースならもっと採集数を増やしてもらっても大丈夫だな。

「おはようございます、今日も来ました。グレッグ先生はお元気でしたよ」

祠に挨拶。返事がない。まだお休み中かもしれないので、グレッグ先生のことはまた改めて伝えよう。と思った途端《とたん》、祠からお顔が出てきてびっくりした。

「おはよう、まあそうなの！　元気だったのね！　良かったわ、もうほんとに良かったわあ」

ふわふわと浮いているのに飛び跳《は》ねる精霊さん。浮遊歴が長くなるとこういう器用なこともできるのだろう。昨日の出来事を話しながら採集に勤しむ。目を合わせないなんて失礼なのだが、これはご勘弁《かんべん》願いたい。できるだけ精霊さんを視界に入れないようにしたいのだ。間違えて【魅了】がかかったらどう謝ればいいかわからない。

「まあ、あなたグレッグのお弟子《でし》さんになったのね。素敵《すてき》だわあ、しばらく通ってくれるなんて嬉しいわあ」

にこにこする精霊さん。こう言ってはなんだが大変に可愛らしい方である。そんなに喜ばれると私としても面映《おもは》ゆいが悪い気はしない。

「私もね、昨日の夕方くらいから胸のざわざわがなくなってすごくすっきりしてるの。こんなに清々《すがすが》しい気分は久しぶりだわ」

幸せなのは良いことだと頷いて、ふと周囲を見渡した。そういえば、今日は一度も魔物の姿を見ていない。昨日は一時間で4回は遭遇していたはずなのに？

崖《がけ》を見上げたのは偶然だったと思う。それほど私は何も考えていなかった。そして、青い蛇《へび》と目が合った。蛇と言うには巨大だ、胴体が一抱えほどもあるのだから。

「ジャアアアアッ――――!!」

威嚇《いかく》音とともに、体を撓《たわ》めて力を溜めていた蛇が勢いよく飛び降りてくる。開かれた口は私を丸呑《まるの》みにするに十分だ。糸を準備しながら飛び退《の》こうとして足が宙を掻《か》いた。動揺して浮いてしまっていたのだ。

「きゃあああ！」

精霊さんの悲鳴を背中で聞いて、蛇を左にいなすことだけは成功した。だが、通り過ぎざま、尾で叩かれて大きく浮かされてしまい、足が宙を蹴った。地面に落ちない代わりにどこまでも飛んでいくので、空中移動しながら体勢を立て直した。しかし咄嗟《とっさ》のことで、思ったより動揺している。

蛇と睨み合う。藍方石《らんぼうせき》みたいな色の蛇である。目の色まで青い。好きな色だけに腹が立った。あちらはあちらで舌《した》をちろちろと動かして私の様子を窺っている。

できるだけ、何もしていないような振りをしながら糸を周りに展開させた。昨日より糸が上《う》手《ま》く扱えている自覚があった。縄《なわ》ほどの太さに縒《よ》り上げて、蛇の周辺に巡《めぐ》らせていく。同時に自分の前から泉を覆《おお》うように網を編む。規模が大きいせいで時間がかかる。焦《あせ》るな、ただ大きいだけの蛇じゃないか。角がちょっと生えているくらいで偉そうに。

「――ジャッ!!」

もう少しで包《ほう》囲《い》網《もう》が編み上がろうかという瀬戸際で、蛇がまた、私を呑み込もうと襲いかかってきた。焦ってしまって端がほつれたのはもう諦《あきら》める。顔から被せるように網を動かした。縄の方も締め上げる。蛇は当然抵抗してのた打ち回っている。蛇の方が力が強く、糸があちこちで千切れる。解放させたら私が死ぬ。慌てて縄を再形成する。

多分、力量以上のことをやっているせいで、編んだ端から糸がほつれていく。締め上げるにも力が足りてない――

「辰砂ちゃん、手伝うわ。おばあちゃんだけどね、これくらいはできるから」

精霊さんの声。目は離せないけれど、泉から水が立ち上って蛇を包んでいくのが見えた。蛇が嫌がって更《さら》に暴れるが、さすがに二人分の拘束力には勝てないようだった。とりあえず網と縄でがんじがらめにして、一息つく。

「はあ……良かった。辰砂ちゃん、大丈夫？　怪我してない？」

精霊さんが私の身を案じてくれる。優しい方だ。直接の接触はないのでHP的な問題はない。糸を千切られまくったせいでMPが大幅に減っているだけだ。確か昨日見たときは1000を超えていたはずなのに。エコだと思いきや思わぬ落とし穴である。マナポーションを服用して、大丈夫と返事をした。

17話　仔水龍

「ああ良かったわあ、だけど、どうしてこんなところに水龍《すいりゅう》の仔《こ》がいるのかしら？」

一安心した様子の精霊さんが爆弾を投下した。角つきの蛇じゃなかった。本当だ、よく見たらちっちゃい手足がついている。子供なので鬣《たてがみ》や髭《ひげ》はまだ生えてないそうだ。

「ジャア……」

物凄く不服そうな水龍が何やら唸《うな》った。精霊さんがふむふむと頷いている。

「まあまあ。この子、ずーっとこの山の地下洞窟に封印《ふういん》されていたんですって。……ずっと中で暴れてたら、だんだん封印が緩《ゆる》んできて？　……そうだったの、可哀想《かわいそう》にねえ。辰砂ちゃん、何とかしてあげられないかしら」

ンジャンジャ唸る龍にすっかり同情したらしい精霊さんに頼まれるものの、何を言ったかわからない私としては反応に困るところだ。

「すみません精霊さん、私には水龍が何を言っていたか全然わかっていないのですが」

「あらまあそうよねえ！　ほほほ、ごめんなさいね。この仔ね、ずっと昔に親とはぐれちゃったんですって。それで悪い人に捕まって、地下に封印されちゃったんですって」

悪い人曰く、湖一つ飲み干すような悪い子にはお仕置《しお》きが必要であると。死ねないがゆえの渇《かわ》きを身を以《もっ》て知り、他者と分かち合える慈《いつく》しみを学べるようにというような内容であった。

これは水龍からは一言も出てない話である。

何故知っているかと言えば、封印現場に行ってみようということで龍を放置して、精霊さんと一緒に洞窟に行ってみたからだ。砕け散った立派な石碑を苦労して繋《つな》ぎ合わせたところ、そういう趣旨のことが刻まれていた。魔導師マーリンという人がやったらしい。凄そうである。

「あらあら、どうしましょうねえ。可哀想だけど、どうも可哀想なだけでもないみたいだわねえ」

精霊さんも困り顔である。ちなみにノース山の中くらいなら、彼女も自由に移動できるそうだ。泉に戻りつつ、水龍の処遇を考える。

「ンジャッ！　ジャジャッ！」

精霊さんに嬉しそうに呼びかける水龍。精霊さんも相好《そうごう》を崩して顔を撫《な》でてやっている。もうここに住ませたらいいんじゃないか？

「水龍ちゃん、あなた、湖を飲み干しちゃったんですってねえ。ところで私がどうしてここにいるか知ってるかしら、知らないわよねえ。私ね、元々住んでた湖がちょっとお出かけしている間に干からびちゃってね、住むところがなくなっちゃったの。急に住所不定無職になっちゃったのよー」

訂正《ていせい》、目が全然笑ってなかった。水龍も心当たりがありすぎるのか、体中から滝のように汗《あせ》を流している。爬虫類《はちゅうるい》っぽいのにあんなに汗が出るとは、ファンタジーだ。

「ねえ水龍ちゃん、あなたこれから一体どうしたいのかしら？　私は永遠にこのお山の礎《いしずえ》になったらいいんじゃないかと思うんだけど、まあ、嫌なの？　それじゃあもっと素敵なプランがあるのね？　いいわねえ。どんなの？　教えて頂戴な」

にこにこしている精霊さんから、関係ない私まで気圧《けお》されるようなプレッシャーが押し寄せてきている。ちょっと可哀想になるほど汗をかいた水龍は無言のままだ。段々縮《ちぢ》んできてない

か？　念のため、縄をさらにきつく締め続けておこう。

「ジ、ジャジャア……」

縮み方は加速していくばかりで、本当に蛇みたいなサイズになってしまった。50㎝ないのではないか？　とうとう目からも汗を流した水龍が何かを言って、精霊さんは水を散らした。私は縄を握ったままである。

「やっと言ったわね？　おいたしたらごめんなさいしないといけないのよ。言わなかったからお仕置きされちゃったのね、きっと」

どうやら水龍は謝ったらしい。よしよし、と精霊さんが指で頭を撫でてやる。さっきまで目玉が私の顔ほどあったのに、龍という生き物の不思議さを感じる。

「辰砂ちゃん、あなたはどう思う？　私はもうこの仔は反省したんじゃないかと思うんだけど、あなたはさっき食べられかけたじゃない？　一番の被害者だと思うのよ」

そう言えばそうだ。とはいうものの、私一人ならば殺害一択《いったく》であるが、精霊さんが明らかに水龍に情を移しているのである。あれだけ撫で回しているのに死ねとも言いづらい。

「もうここに住まわせたらいいのでは？」

結局、さっき思ったことを述べた。ところが精霊さんが首を振る。何故？

「この泉の規模だとね、私くらいの精霊が一人いるので精一杯《せいいっぱい》なの。この仔は本当なら私よりずーっと強いから、この泉くらいじゃだんだん弱って死んじゃうのよ」

長い間封印されて苦しんで苦しんで弱り切ったのが今であるらしい。それで人を呑み込もうと襲い来るのだから見上げた根性である。目が合った水龍がぷるぷる震えている。

「もっと水の魔力の多いところに連れて行ってあげないと、もうこんなに縮んじゃったから、どこかへ辿《たど》り着く前に死んじゃうわ」

縮ませた原因の一端が言ってはいけないような気がする。ん、水の魔力？　なんかそんなスキルあったような。ステータスを開いてみる。レベルが16まで上がっていた。いや、今はそこではない。

心当たりのスキル詳細を確認し、説明書きに則《のっと》り念じてみる。流れる魔力をちょっと指先から出して整え、水の気を帯びさせる。さっき精霊さんの魔法を見ておいてよかった。水の気配を掴みやすい。

「あらあら辰砂ちゃん！　そんなことまでできたのね、すごいわあ。それをこの仔に渡してみてくれるかしら？」

手のひら程度の大きさに丸めたそれを、水龍の前に突き出した。小さい爪で器用に抱えてあぐあぐと食べている様子は微笑ましい。見る見るうちに食べ終えて、ゲップしてみせた。小さな鱗にツヤが出て、潤った気配がある。

「あらあらまああ！　決まりね！」

精霊さんの笑顔には勝てなかった。年の功、という言葉が脳裏《のうり》をよぎったのは、水龍を背中に張り付けた帰り道のことである。

どこの世界にも、押しの強いおばあちゃんは存在する。

『称号：【仔水龍の保護者】が追加されました』

2章

chapter 2

The Nymph
who wants to hide
ties with
"pharma" skill

18話　採取のコツ

「とりあえず、街中《まちなか》でお前が浮いていると大変に目立つので、マントの中に隠れていなさい。顔を出さないこと」

山の麓《ふもと》まで降りてきて、人目の問題を思い出した。プレイヤーたちには良くも悪くも遠慮というものが見られない。露天商《ろてんしょう》で値引き交渉《こうしょう》をしてみたり、現金がないからと物々交換を持ちかけたりしているのをよく見かけている。あの調子でこちらに迫られてはたまらない。

「ンジャ？　ジャジャア」

何言ってるか全然わからない。不服そうな顔をしているような気がしたので、首根っこを鷲《わし》掴《づか》みにした。ちょっと首が締まったのかキュッと鳴いた。

「街で目立つと、ほぼ間違いなくこういう目に遭《あ》う。小さいものが大好きで、私よりずっと強い奴《やつ》が沢山《たくさん》ひしめいていると思いなさい」

私よりずっとレベルの高い者は数多くいるだろうし、間違ったことは言っていない。小さい物好きというより可愛《かわい》い物好きが食いつくだろうとこの小生意気な水龍《すいりゅう》に教えてやるのは気に喰《く》わないので言わないだけだ。

水龍は縮《ちぢ》みあがってそそくさとマントの下に入り込んだ。肩に爪《つめ》を引っかけて、フードの中から前を窺《うかが》っているような動きを感じた。よし、これならよかろう。街に戻ろうと浮かびかかったところで、街の方から歩いて来る人影を発見した。危なかった。

「こんちゃっす」

何気なくすれ違おうと思ったが、向こうが声をかけてきた。挨拶《あいさつ》を返して進もうとするがまた呼び止められる。ん、よく見るとエルフだ。これ見よがしにピッケルを背負っている、つまりこの男が生活雑貨店で聞いた茨《いばら》の道を往《ゆ》く先達《せんだつ》なのか。

「もしかしてノース山から帰ってきたとこすか？　何か超強いモンスターいませんでした？　俺昨日やられて死に戻っちゃって、情報集めに来たんすよ」

男の質問に、背中の水龍がびくっと動いたのが解った。こいつ……精霊さんの頼みでなければ既《すで》に殺害しているというのに、ままならぬものだ。

「多分、倒したと思います。大きな蛇《へび》型でしたよ。明らかに通常の魔物とは一線を画《かく》していましたから」

「えっ⁉　倒せたんすか⁉　あー、蛇だったんだ……もしかして俺呑《の》まれたのかな？　ちなみにどうやったんすか？　魔法すか？　武器何使ってるんすか」

矢継《やつ》ぎ早《ばや》に飛んでくる質問にうんざりする。この男は人付き合いが下手《へた》だ。他人《ひと》との距離を測り間違えているし、相手を慮《おもんぱか》るということもできないらしい。

「失礼な方ですね。初対面の、それも他人《ひと》のことを探るのは褒《ほ》められたことではないですよ」

無礼者に律儀《りちぎ》に付き合う必要はない。ぽかんとした様子の男を置き去りにして街に戻った。徒歩移動だと空中移動の三倍程度時間がかかった。全くおかしな男のせいでつまらない手間《てま》を食ったものだ。

モグリ薬品店に着いたのは日が中天《ちゅうてん》に差しかかろうかという頃合いだった。予定ではすでに調薬の手伝いをしているはずだったのに、水龍といいエルフ男といい、阿呆《あほ》共め。いかん、深呼吸して気持ちを切り替え、できるだけ穏《おだ》やかに扉を叩《たた》く。

「こんにちは、グレッグ先生。ご依頼の品物をお持ちしました」

「やあ、随分《ずいぶん》早かったね。すまないが作業は店を閉めてからするんだ、悪いが夕方にまた来てくれるかい？　品物の仕分けと証明書だけは今やってしまうからね、こちらに来てくれるかな」

呼び入れられてカウンター内へ移動。ちょうど客のいないタイミングで良かった。品質の見分け方なども今日は教わりながら仕分け作業を手伝う。

「葉の傷は当然劣化の元だが、採集した時の切り口の面積も品質を左右するポイントだね。できるだけ小さくなるよう切るのが良い、斜《なな》めに刃を入れるとそれだけで劣化するから」

なるほど、泉周りの草については精霊さんに聞けたが、木立《こだち》の中の薬草は我流で採集していた。土や枯れた葉はあらかじめ取り除いて袋に入れる、根を傷《いた》めなければ問題なく次の葉が出るので間違っても土から引き抜かない等、注意点をメモ帳に書いておく。

「当たり前の話だけど、採集して時間が経《た》つと劣化するからね。辰砂《しんしゃ》君はストレージに収めて持ってきてくれるから鮮度も抜群《ばつぐん》でありがたいよ」

ストレージに収めたものは時間が進まないというのは、説明欄には特に記載のなかったことである。マジックバッグとアイテムボックスの中の物は時間経過が影響するらしい。ドロップ品は随時《ずいじ》ストレージに移動させておくのが吉か。

低品質の薬草類と証明書を受け取って冒険者ギルドへ。無事依頼達成。さて、資金にも余裕ができたことだし初心者調薬セットというものを手に入れることにしよう。

「いらっしゃい、麦酒《ビール》は一杯100エーンだよ……冗談だよ来訪者さん。売店の利用だろ？　それと小さな蛇ちゃんには何かいるかい？」

隠しているはずの水龍のことが何故《なぜ》解ったのだろう？　一瞬驚いたが、耳たぶに硬《かた》い感触が当たった。好奇心に負けて顔を覗《のぞ》かせていたらしく、私と接触した途端《とたん》、素早く引っ込んだ。この野郎。

「これはお気になさらないでください。初心者セットというものを取り扱っていると伺《うかが》ったのですが」

店主があぁ、と言うとリストウインドウが表示された。私に必要そうなのは、初心者調薬セット、それに初心者調理、細工《さいく》、宝飾セットだろう。全《すべ》て1500エーンだから全部買っても6000エーンか。金もあるし持っていて損《そん》はない、即決。

19話　美のカリスマ

「へえ。手広くやるんだね、お客さん。こいつはあくまでも初心者向けのセットだからな、本気でやるなら道具も良い物揃《そろ》えなよ」

至極《しごく》真っ当な助言を受けて、コンパクトな木製のトランクを4つ受け取った。現代的な利便性と中世の世界観が入り混じっておかしなことになっているが、木箱で貰《もら》うより取り回しが良いか。

「細工と宝飾の素材を集めたいのだけど、どこか良いところを知りませんか？　調薬は良い先生に師事《しじ》できたのですが」

「うん？　あんたたちは仲間内で情報を共有してるんだと思ってたんだが、ああ、教えないってわけじゃないさ勿論《もちろん》。昨日から素人《しろうと》が山ほど来てセット買ってくのに、だーれも喋《しゃべ》ってくれねえからよ。ちょっと拗《す》ねてる親父《おやじ》の愚痴《ぐち》だよ」

仲間内というと、掲示板のことだろうか。どうやら街の住人に声をかけて情報を集めるプレイヤーは少ないようだ。皆どうやってプレイヤーを見分けているのだろうか？

「あーと、細工物と宝飾だな？　まあ素人なら木片《もくへん》とか、紐《ひも》とかが扱いやすくていいか、東の森辺《あた》りのドロップ品狙《ねら》ってみるんだな。宝飾ったって素人じゃあできることも少ないだろうしなあ。ついでにイースト山で水晶とか、ちょっとした石なんか拾ったらいいんじゃないかね」

どうでもいいことを考えているうちに割と親切な助言を貰えた。お礼を言って今度は東の門へ向かった。勿論今度は水龍に出て来ないようよく言い含めた上である。噴水《ふんすい》広場の手前の露天商の前を通りかかったとき、ふと足を止めた。

「これが気になるのかしら？　今のところの傑作《けっさく》よ」

広げられたマントが気になったわけではなく、売っている店主の服装に驚いただけなのだが、都合のいい勘違《かんちが》いだから頷《うなず》いておこう。水龍よ、取って食われはしないから震えるのは止《や》めなさい。

「お嬢さんマント越しでも解るわぁ、すっごくスタイル良いわねえ。お姫様みたい。服もちょうど良いのがなかったりして困ってるんじゃなあい？　良かったらこのアタシ、美のカリスマが相談に乗るわよぉ」

「ええと、ありがとうございます。服は購入したことがないので、このマントが傑作だという意味を教えてください」

オネエ言葉に戸惑《とまど》いつつ、マントの特色を尋《たず》ねてみる。禿頭《とくとう》の美のカリスマによればこのマントには汚れが付かず、店売りのものと違ってダメージカットが約３％見込めるのだという。

このゲームには『防御力《ぼうぎょりょく》』という概念がない。代わりに存在するのがダメージカット効果である。盾《たて》などで防御する、鎧《よろい》で弾《はじ》く、剣で受け流すなどの行動はいわゆる『パリィ』に含まれるので、また別の話になる。

「プレイヤーズメイドで3%は間違いなくアタシが最初だと思うわ。レシピはもちろん企業秘密よ？　お姫様がうちの専属モデルになってくれるなら、このマント……勉強させてもらっちゃうけどどう？」

どうやら自称美のカリスマはプレイヤーらしい。専属モデルについて尋ねると、この店の装備で身を固めて冒険していればいいとのこと。勿論その時その時で最新の装備を使ってほしいので、こまめに連絡を取り合うことが条件だという。

「一番大事な条件は、アタシの趣味とお姫様の外見が合致《がっち》するように作った装備なんだから選《え》り好みしないこと！　よ。絶対に似合わせてみせるけど、肝心《かんじん》のモデルが無地じゃなきゃイヤとかチェック嫌いとか拘《こだわ》りが強いと上手《うま》くいかないのよね」

あなたはそんなタイプには見えないけど、と続けられた言葉に思わず頷いた。よく解るものだ、さすが自称とはいえ美のカリスマだけある。

「いやねえ、初期装備に店売りのマント引っかけただけなんだからわかるわよ。じゃあ受けてくれるってことでOK？　ありがと。じゃあフレンド申請《しんせい》送るわね、名前は？　辰砂ちゃんね？　見てくれと随分違うわねえ、まあいいけど……送ったわ」

メニューからフレンド管理の項目を開く。申請を受けた旨《むね》の通知が届いており、承認して登録した。美のカリスマは自称ではなく名前だったのか。

「進捗《しんちょく》具合なんかはメッセージで送るから。緊急だとボイスチャット使うかもしれないけど、できるだけ邪魔はしないつもりよ」

「わかりました。カリスマさんはいつもこの場所で露店《ろてん》を？」

　一応確認しておく。プレイヤーが露店を開くにはギルドで許可証を得る必要があるらしい。保証金を納めて露店マットというアイテムを借りられるそうだ。終わったら返却して保証金が戻って来る。その内私もやってみるか、ポーションなら売れないこともないだろうし。

「空《あ》いてる限りここでやってるわ。さて、目玉のマントだけど。そうねえ……１３００エーンでどう？　原価考えるとこれくらいね」

「構いません」

　即答するとカリスマさんは目をぱちくりとさせた。ごついおっさんがやってもあまり可愛くない。

「いいの？　あなた装備の相場なんてわからないでしょうに、比較検討とかしないの？」

「安易に無料提供をしない堅実な姿勢が気に入りましたので。カリスマさんなら安心できます」

　即決の理由を述べるとカリスマさんがにやにやしだした。何かが琴線《きんせん》に触れたらしいが、そろそろ行ってもいいだろうか？

「はい、毎度あり。いってらっしゃーい」

　代金を支払い、マントを変更して移動再開。薄茶の生地《きじ》が白地に紺《こん》の縁取《ふちど》りに変わり清潔感が出た。縁取り部分の刺繍《ししゅう》が細かい。本人のなりはともかくカリスマさんは趣味が良いと思う。

20話　薬の名前がおかしい

　東の森でしばらくぶらついてみる。水龍が物珍《ものめずら》しげに顔を出し、その度《たび》に手で押し戻すという傍目《はため》には不審《ふしん》な動きを繰り返す羽目《はめ》になった。懲《こ》りない奴だ。今日の魔力減らそうかなと呟《つぶや》いたらやっと静かになった。

　出没する魔物は蜘蛛《くも》、芋虫《いもむし》、苗木《なえき》のような魔物のようである。しかし女性プレイヤーが多い。素材集めのためなのか、悲鳴を上げつつも逃げずに戦っている。虫が苦手な人は大変だろうな。

「ジャッ」

　ん、水龍が右側の髪を引っ張った。首が傾き、視界に蜘蛛が入った。枝から奇襲《きしゅう》されかかっていたらしい。どうやら周囲の索敵《さくてき》は私より水龍の方が優秀なようだった。蜘蛛は単体だったため一蹴《ひとけ》りで終了。蹴りの威力《いりょく》も徐々《じょじょ》に上がっている。

「ありがとう。また教えてくれると助かる」

　悪いことをすれば叱《しか》るが良いことをすれば褒めるのが子育ての基本である。経験はないが。精霊さんを真似《まね》て頭を指で掻《か》いてやる。嫌なら避《よ》けるだろう。

その後も索敵の練習をしながら素材集めを続ける。水龍ともいずれ別れるわけだし、甘えっ放しでは私が進歩しない。葉ずれの音や遠くの戦闘音などを魔物と誤認しつつもたまに成功しながら、イースト山に到着した。

イースト山の薬草類には目新しい物はなかった。残念だが、今日は目的が違うのだからと自分に言い聞かせながら山肌《やまはだ》を探る。崖《がけ》にはちょこちょこほじくったような跡がある。と、そのほじくった所が光った気がした。近づいてよく見てみると、5秒間隔《かんかく》でちかちか光っている。解りやすいアピールである、つまりここで採掘しろということだ。

ピッケルを取り出して崖に打ち込んでみた。石に弾かれることもなくピッケルが刺さり、ばらばらと石や砂が足元に落ちる。アイテムボックスを開いてみると、屑《くず》水晶というものが一つ入っていた。なるほど。

やり方が解れば後は作業するだけだ。光らなくなるまで掘って次のポイントを探す。多分、光らない所を掘り続けて地中奥深くに眠る素材を取ることもできるとは思うが、そこまで穴掘りに熱意を抱けない。そういうのは好きな人がすればいいのだ、あのエルフとか。

影が長くなってくるまで採掘と採集を繰り返し——識別してみると、落ちてくる石や砂に混じって様々な素材があった——水晶、薔薇《ばら》水晶、庭園水晶、黄水晶、茶水晶、紫水晶、軽銀《けいぎん》、3つしかなかったがガーネットを手に入れた。この山は質はどうあれ水晶でできているのに違いない。屑率も高かったが練習台にはもってこいである。ほくほくしながら街に戻った。

「すまなかったね、昨日言っておけばよかったよ。辰砂君の採集技能を甘く見ていた」

グレッグ先生に開口一番《かいこういちばん》謝られた。気にしなくていい旨を告げて早速《さっそく》ポーション作りを開始する。

「明日からポーションとマナポーション用の薬草の数をもっと増やしていいかな？　今日も開店早々売り切れてしまってね。辰砂君も練習がてら露店を出したらいいんじゃないか」

練習品を店に置くわけにはいかない、当り前のことである。品質Cで完全に揃えられるようになったら先生の店に卸《おろ》すのもいいかもしれないと思いながらメモ帳に書いておいた。今ならポーションバカ売れ、と。

【調薬】スキルのレベルが上がったせいか、明らかに作業効率が上がっている。薬研《やげん》が三往復しないうちに草が粉末《ふんまつ》と化していて違和感を覚える。

「辰砂君の上達ぶりには驚くなあ。来訪者は成長が早いって聞くけど本当だね」

大量の溶け草を刻《きざ》みながら先生がそんなことを言った。まあ、昨日の今日でこれだけ差があるわけだし住人からして見れば反則ものだろう。ちなみに店用のポーションの作成手順で私がやらせてもらえるのはまだ薬研の工程だけだ。早く上達したいものだ。

瓶《びん》を瓶立てにセットしながら冷めるのを待つ。この試験管立てに似た道具は私の忘れ去った厨二心《ちゅうにごころ》を刺激するので、できるだけ直視しないようにしている。奥様が今日も夕飯をと誘ってくださったが、せっかく頂いても腹《ふく》が膨れない食事ではなんとなく失礼な気がするので遠慮する。危うく半泣きさせるところだったが水龍を生贄《いけにえ》にして何とか誤魔化《ごまか》した。

「ジャアアアァ……」

可愛い物好きだという奥様に抱きしめられた水龍の訴えかける悲しげな声を鮮やかに無視し、私はグレッグ先生と作業を進めたのだった。今日は解毒薬《げどくやく》、麻痺《まひ》消し、気つけ薬を新たに習って終了。

「西の森からニーの街に行くときの必需品《ひつじゆひん》なんだけどね。あそこの蝶《ちよう》型魔物の鱗粉《りんぷん》が厄介《やつかい》なんだ。皆ポーションだけで何とかしてるのかな」

首を傾《かし》げるグレッグ先生。不肖《ふしよう》の弟子《でし》は、商品名のせいだと思います。解毒薬が『気分ハツラツ』、麻痺消しが『気合い一発』、気つけ薬が『目もシャキ！』では質問しない限り気がつかないに違いない。

経営方針に口を出すか否《いな》か、店を出るまで決められなかった。多分明日も迷うだろう。忘れかけていた水龍を回収して、さて、食事にはまだ早い時間だが何をしようか？

辰砂　Ｌv.16　ニュンペー
職業：冒険者、調薬師の弟子
ＨＰ：３６０
ＭＰ：１４００

Ｓｔｒ：３３０
Ｖｉｔ：１２０
Ａｇｉ：３３０
Ｍｎｄ：５３０
Ｉｎｔ：５３０
Ｄｅｘ：５３０
Ｌｕｋ：１３０
先天スキル：【魅了Ｌｖ．１】【吸精Ｌｖ．１】【馨《かおり》】【浮遊】【空中移動Ｌｖ．３】【緑の手】【水の宰《つかさ》Ｌｖ．１】【死の友人】【環境無効】
後天スキル：【糸Ｌｖ．13】【空間魔法Ｌｖ．５】【付加魔法Ｌｖ．１】【料理Ｌｖ．１】【宝飾Ｌｖ．１】【細工Ｌｖ．１】【調薬Ｌｖ．11】【識別Ｌｖ．10】【採取Ｌｖ．19】【採掘Ｌｖ．５】
サブスキル：【誠実】【蹴りＬｖ．17】【創意工夫】【魔力感知Ｌｖ．30（Ｍａｘ）】【魔力操作Ｌｖ．30（Ｍａｘ）】【罠《わな》Ｌｖ．９】【漁Ｌｖ．１】【魔手芸Ｌｖ．５】【調薬師の心得《こころえ》】【冷淡Ｌｖ．１】【話術Ｌｖ．１】【不退転《ふたいてん》】
ステータスポイント：１５０
スキルポイント：30
称号：【最初のニュンペー】【水精の友】【仔水龍の保護者】

21話　掲示板3

【雑魚《ざこ》なのに】最前線攻略スレその5【蝶が酷《ひど》い】

1．ルーク
∞世界《無限》の最前線で戦う皆！　ここで情報を分かち合おうじゃないか！
とりあえず次の街に行くことが現在の目標！
次スレは∨∨980に頼んだぞ！

過去スレは以下リンクから。
【突き進め】最前線攻略スレその1【突き当たるまで】
【西はダメだ】最前線攻略スレその2【蝶が酷い】
【通れない】最前線攻略スレその3【関所《せきしょ》反対】
【熊《くま》じゃない】最前線攻略スレその4【蝶がボス】

――略――

33．アリシア
今日も西の森ダメだった、ボス削《けず》りきる前に全員状態異常になる

34．光の戦士
蝶の湧《わ》き方おかしいだろ……

35．へいへいほー☆
かと言って北も東も南も関所は通れなかったしな
西に行けというあからさまな誘導乙《おつ》

36．ルーク
せめてイチの街に状態異常対策のアイテムがあればなぁ。
風邪薬とか頭痛薬って何のために置いてあるんだろう？

37．自棄《やけ》っぱちｂａｂｙ
そりゃ住民のためなんじゃねーのｗ

俺はそれより栄養ドリンクっぽい名前の薬の方が気になったわｗｗ

38．アリシア
買えば良いじゃん（投げやり
回復魔法いくら上げても状態回復魔法覚えないし、何この詰みゲー……

39．けみかる
調薬班も手詰まり状態。どの草使っても状態異常回復の効果が出ない
なんか発想の転換が必要なのかも？

40．平和ドラ3
ウチは明日はボス戦休むことになった
ちょうど糸使ってたら新しいスキル生《は》えたし明日は女子力上げるわｗ

41．へいへいほー☆
女子力上げてどうすんのｗ　ねえｗ
鏡見て言えｗｗ

山賊《さんぞく》のくせにｗｗ

42. ルーク
煽《あお》るなよ。
真面目《まじめ》な話してるんだからさ

43. 光の戦士
俺も明日はステップ磨《みが》くわｗ
その内ダンス系スキルが生えるかもしれんｗｗ
モテ期目指して頑張るわｗ

44. けみかる
ふいんき（ｒｙよくないねー

――続く――

【鉄は熱いうちに】鍛冶屋《かじ》の集《つど》い　1本目【銅も熱いうちに】

1．ドワーフの中のドワーフ
鍛治屋を目指すものよ、この掲示板に集え！
ここは鍛治にまつわるありとあらゆる情報交換の場だ！
ドワーフに限定する心の狭い奴等《やつら》は放っとけ！
鍛治屋を目指す心に貴賤《きせん》などない！
次スレは＞＞980に依頼する！

――略――

495．鉄男《てつお》
ほしゅー
＞＞444まだ帰って来ねえなあ

496．正宗《まさむね》
もう昼過ぎたし、そろそろ来てもおかしくないな

497．はがねのよろい
そもそもほんとに行ったのかね？
498．黒アールヴLOVE
ただいまー　疑うとかひどくないw
ちゃんと行ってきましたーw
499．鉄男
おかえりー
どうだったのよ？
500．黒アールヴLOVE
んー、何かすっきりしないってかなんつーか怒られたっつーかw
行ったら終わってたw
501．ノンショックハンマー
は？

502．　マリー
今北
なにそれ

503．　黒アールヴLOVE
ドキドキしてたら寝坊《ねぼう》しちゃってさｗ　10時半くらいかな？　慌《あわ》てて行ったのよ
したらフード被《かぶ》ったマントの人とすれ違ったからｗ　何かいなかったか聞いたのｗ
その人ふつーに倒したってｗｗ　でかい蛇だったってｗｗｗ
で、倒し方とか武器とか魔法使ったかとか聞いたらさ、失礼ですねってバッサリ
人の秘密探るなって怒られた
超感じ悪かったわー

504．　正宗
機嫌悪かったんかね？　それかプレイヤーじゃなかったとか？

505．　黒アールヴLOVE

プレイヤーだろ
初期装備だったから間違いない
あーなんかムカついてきたわｗ　ＰＫしときゃよかったかなｗｗ
初期装備だから俺でもやれたはずｗ

５０６．ドワーフの中のドワーフ
おいコラ
戻ってきたと思ったらつまんねーこと言ってんじゃねーよ
そんな暇《ひま》があればピッケル振れ
鍛治師の風上《かざかみ》にも置けねーな

５０７．マリー
感じ悪かったらＰＫとかないわ……
なんか冷たくされたのって∨∨４４４に原因がある気がしてきた

５０８．ぽよりん
ここで華麗《かれい》に新作軽銀ソード公開

驚《きょう》異《い》のStr＋17、Agi＋5だべー
耐久がもうちょっとあればなー、35止まり
（SS《スクリーンショット》［鈍《にぶ》い光沢のロングソードと性能］）

509．ドワーフの中のドワーフ
うお！　軽銀でここまで出せるんか
しかもAgi補正出るんだな、鉄より武器に向いてんのかね？

510．ノンショックハンマー
これはスクショ晒《さら》す流れ！
みんなハンマー作ろうぜー
ロマン武器の象徴だぜー
要求Str値《ち》が高すぎて売れねえんだよw
（SS［総鉄製のハンマーと性能］）

511．正宗

これは酷いw

——続く——

22話 屑水晶のブレスレット

宿を取って、騒ぐ水龍に魔力をやった後。つやつやしてベッドにひっくり返っている水龍を放置して、私は屑水晶を並べてみていた。アイテム名は全て屑水晶なのだが、取り出して並べると全て形が違う。濁《にご》っていたり傷が入っていたり小さすぎたり、正しく屑扱いの品だ。

透明な部分を切り出して使おうとすると殆《ほとん》ど捨てなければならなくなる。いや、むしろ味だと考えればどうだろう？　不揃《ふぞろ》いなパーツを繋《つな》いだアクセサリーもよく見かけるわけだし、数珠《じゅず》を作るわけでもないし。考えるよりやってみるか。

初心者宝飾セットからカッターと研磨《けんま》セット、磨き粉を取り出して小さなパーツに成型する。角を取って艶《つや》を出すだけでもそれらしくなった。ブレスレットになるくらいの数だけ作ろうか。しばし集中、数が揃った頃には月が高く上がっていた。忘れていた空腹感が私を苛《さいな》む。一度切れた集中を取り戻すのは難しそうだ。すぴーすぴーと幸せそうな水龍を置いて外に出た。さあ、食事の時間だ。白いマントは若干《じゃっかん》夜闇《やあん》に浮かび上がってしまうが、初期装備のままよりずっとましだろう。無意識に舌舐《したな》めずりをして、治安の悪い方へ歩いていく。

このイチの街は完全に田舎町《いなか》のイメージで作られている。けれど、治安の悪い所がないわけではない。例《たと》えば日中より夜の方が活気のある場所など典型《てんけい》的である。明るい方へ行けばいいのだから簡単だ。

意識的にマントの前を掻き合わせて、下の服が見えないようにする。捕まえるのは一人でいいのだから、道端をうろつくうちに誰か引っかかるだろう。駄目なら次の手を考えればいい。

そこはかとなく甘ったるい匂《にお》いのする通りに入った。昼間の住人より随分薄い、露出《ろしゅつ》の多い服を着た女たちが店の前の椅子《いす》に座って客を待っている。店付きと野良《のら》の差がはっきりしているな、これは好都合だ。野良の振りをして、建物の陰《かげ》に陣取《じんど》った。さて、上手くいくかどうか。

「お嬢ちゃん、迷子かい？」

さすがは田舎町である、固定客が殆どで私のような新入りもどきに声をかけるような冒険心のあるものはいない。また悪漢《あっかん》を捕まえようかと思いだした頃、私に話しかける声があった。

「いいえ。自分の意志でここにいます」

にこにこしている恰幅《かっぷく》の良い中年だ。田舎町に似合わない、いやに綺麗《きれい》な衣類が目についた。

中年は大袈裟《おおげさ》に手を広げて嘆《なげ》いた。

「おお、お嬢ちゃんのような可憐《かれん》な子がこんなことをしちゃあいけないよ。私の店においで、お茶をご馳走《ちそう》してあげよう」

人の良さそうな笑顔を浮かべている中年は、ごく自然に私の腰に手を回した。ああ、こういう人がちょうどいい。ぴったりである。

「……先に私と良いことをしてくれますか？　例えば、この路地とかで」

建物の隙間《すきま》の前で足を止め、挑戦的に見えるように中年を見上げる。粋《いき》がる馬鹿《ばか》な小娘に見えれば上等だ。中年は隠しきれない下卑《げび》た顔を見せて、仕方ないなあと言った。

建物の陰に入って、数分後。私は宿に戻るべく歩いていた。気分的には胸やけである。昨日の若者は薄すぎる鶏《とり》がらスープみたいな味であったが、今日の中年は煮詰《につ》まったモツ鍋《なべ》のような味だった。まさか人によって味が違うとは。明日はヘルシーにいきたい気分だ。

【魅了】を意識して使ったのは初めてだが、無意識に任せるより発動した方が早い。声をかけられてから魅了状態になるまで一分とかかっていないのだ。あるいは相手の同意が鍵《かぎ》なのか、もう少しやってみないと何とも言えないが。

つらつらと考えながら宿に戻った。相変わらずベッドを占拠《せんきょ》している水龍を摑《つか》み上げ、糸で籠《かご》を編《あ》んでそこに投げ入れた。ふがっとか聞こえたが気にせず、ベッドに入る。本当はもう少し作業しようかと思っていたのだが、胸やけがひどいのでもう寝よう。獲物《えもの》はもう少し選ばなければならない……

明くる朝。心配だった胸やけもすっかり良くなっている。いや、気分の話なのだが。水龍が

いつの間にか布団《ふとん》に戻っていたらしく、私が起き上がった拍子《ひょうし》に転がり落ちた。ぷんぷん怒る水龍だったが、魔力で釣ればいちころだ。ちょろい奴である。

さて、夢にクレマチスさんが出てきたので、メモ帳をめくることにしようか。どうしてお前はステータスを管理しないんだとか何とか、夢の中で怒られたような気がするのだ。該当《がいとう》ページはすぐに見つかった。ステータスポイントはこまめに振り分けることとある。開いてみよう。

辰砂《しんしゃ》　Lv.16　ニュンペー
職業：冒険者、調薬師の弟子
HP：360
MP：1400
Str：300
Vit：120
Agi：330
Mnd：530
Int：530
Dex：530
Luk：130

先天スキル：【魅了Ｌｖ.２】【吸精Ｌｖ.２】【馨】【浮遊】【空中移動Ｌｖ.３】【緑の手】【水の宰Ｌｖ.１】【死の友人】【環境無効】
後天スキル：【糸Ｌｖ.13】【空間魔法Ｌｖ.５】【付加魔法Ｌｖ.１】【料理Ｌｖ.１】【宝飾Ｌｖ.２】【細工Ｌｖ.１】【調薬Ｌｖ.11】【識別Ｌｖ.10】【採取Ｌｖ.19】【採掘Ｌｖ.５】
サブスキル：【誠実】【蹴りＬｖ.17】【創意工夫】【魔力感知Ｌｖ.30（Ｍａｘ）】【魔力操作Ｌｖ.30（Ｍａｘ）】【罠Ｌｖ.９】【漁Ｌｖ.１】【魔手芸Ｌｖ.５】【調薬師の心得】【冷淡Ｌｖ.１】【話術Ｌｖ.２】【不退転】
ステータスポイント：１５０
スキルポイント：30
称号：【最初のニュンペー】【水精の友】【仔水龍の保護者】

おかしいところが沢山あるが、さっさとステータスを振ってしまおう。数字を揃える方向であっという間に決定。それからスキルを調べることにした。

まず取った覚えのないスキルがサブスキルに沢山あるのは何故なのか。この謎はすぐ解けた。心当たりのあるスキルがいくつかあったからだ。【蹴り】はしょっちゅう使っているし、【魔力感知】【魔力操作】はチュートリアルの時点で増えたのだろう。【調薬師の心得】はどう考えてもグレッグ先生に師事したことが関係ある。

もしやとさらにメモ帳をめくれば、行動次第《しだい》でスキル取得の可能性があると書いてあった。サブスキルのスキルは問題なく使用できるが、経験値は後天スキル枠《わく》に入れている時の半分になると。育てたいスキルは後天スキルに入れておくこととあった。

どうやら、覚えてないが説明は受けているようだ。この調子だと、興味のないことはほとんど覚えてないのだろう。不出来な生徒ですいません、クレマチスさん。こまめにメモ帳を確認します。要《い》るものと要らないものを入れ替えて、こんなところか。後天スキルが一つ空《あ》いたがまあいいや。

さて次、【魔力感知】【魔力操作】のレベルの下にある（Ｍａｘ）の文字だ。詳細《しょうさい》を開いてみると、『スキルレベルが最大値に達しました。スキルポイントを使用して以下のスキルに進化させることができます』というポップアップウインドウが開いた。

【魔力感知】から【魔力察知】へ、【魔力操作】から【魔力運用】と【魔力精密操作】へ。何故一つのスキルから二つ進化するのだろうか？　よく解らないが、スキルポイントも余っているし進化させておこう。停滞させるのは好かない。ちょうどスキル枠も埋まって一石二鳥《いっせきにちょう》である。

【魔力察知】と【魔力精密操作】に10ポイント、【魔力運用】に5ポイントかかった。これで残りは5ポイントだ。試しに糸を動かしてみる。おっ、編み物の目が緻密《ちみつ》に作れる。今なら精霊さんの涙を倍は吸い取れるハンカチが作れるに違いない。

ふと思いついて昨日のブレスレットのパーツを取り出した。穴はまだ開けてないのだが、糸を物凄《ものすご》く鋭くしたら針がなくても糸が通せるのではないだろうか？　一つ摘《つ》まんで糸で刺した。おかしな表現だが本当にそうなのだから仕方ない。まるで抵抗を感じないまま糸は無事反対側へ貫通したのだった。拍子《ひょうし》抜《ぬ》けだが、いやいや手間が省《はぶ》けたと思えばいいのだ。

調子に乗ってビーズ状に糸に通していき、全部同じでは面白《おもしろ》くないと単結晶の原石を磨いただけの物を数本通した。これが手の甲《こう》側に来てほしいが、重たい方が内側になるのが現実世界の物理法則である。多分逆になる。

しばらく考えて、手首側には薔薇水晶、多分ローズクォーツを丸く磨いて通すことにした。デザイン的に女性向けであるし、安直にピンク色を選んだにすぎないが。粒《つぶ》が大きかったのでバランスをとりやすかったこともある。

こうして出来上がった私の最初の宝飾品は、作り手に似つかわしくない可愛らしい感じの物体に仕上がったのであった。

23話　初めてのお客

今日も今日とてノース山へ移動。徐々にプレイヤーが山にも見られるようになってきた。ご同輩《どうはい》なのか同じ格好《かっこう》で、薬草集めをしている集団もいる。会釈《えしゃく》しつつ、私も採集に励《はげ》む。水龍は今日は大人しい。恐らく昨日の奥方の可愛がりが堪《こた》えたのだろう。

ある一団が、薬草を土から引き抜いて集めているのを発見した。それだと他の人が困ってしまう。主に私が。

「突然すみません。薬草を引き抜くのは止《や》めて頂けませんか」

私はしゃがんでいる集団に声をかけた。胡乱《うろん》げな視線が集中する。

「何でそんなこと言われなきゃいけないいんですか？　根が今のところ一番効果が出るんですけど」

はあ？　とでも言いたそうに、少年が立ち上がってこちらを向いた。根も調薬に使えるのか。しかし、やはり生え変わるのにどれほどの期間がかかるかも解らないし試そうとは思わない。

「根を残して採集すると、明日また新しい葉が手に入ります。根こそぎ取ってしまえば、新しく生えるまでここで採集できません。この辺りは私が毎日採集していますが、問題なく採集できているでしょう？」

ほら、と手で示す。少年が顔をしかめた。関係ねーだろとでも言いたそうな顔である。

「それが、なんか俺らに関係あるんですか？　そのうち生えるんでしょ？　街中ポーション売り切れてんだから、自分で作らなきゃ間に合わないんですけど」

思春期にありがちな自分中心の思考である。少年は見た目通りの年齢と考えてよさそうだ。

「私は街の薬品店の依頼を受けて薬草を採集しています。なので、ここが荒らされると薬品店のポーションが更《さら》に品薄になると思いますよ。悪循環《あくじゅんかん》だと思いませんか」

「ちょっと、シュン。やめとこうよ、どうせ根を使ったって5しか変わんないじゃん。毎日葉っぱいっぱい取って本数稼《かせ》いだ方がいいって」

引っこ抜く手を止めて聞いていた少年の仲間の少女が立ち上がって少年に話しかけた。少年は他人の言いなりになるのが気に入らないのだろうか、不機嫌さが一層増している。ここでひとつニンジンをぶら下げてみるか？

「私も【調薬】を齧《かじ》っています。自分ではあまり使わないので、練習で作ったポーションをいくらかお譲《ゆず》りしましょうか？　まだ品質がCとDですから、お店の物よりお安くしますよ」

この二日間でできたポーションは40と少し。グレッグ氏監修のもと作ったので、不良品は存在しない。少女の顔が明るくなり、他のパーティメンバーたちも立ち上がって口々に少年を説得し始める。

「おい、品質Dだってよ。安くしてくれるって言ってるし無理に草取りしなくてもいいんじゃねえか」

「DならFより回復量が多いだろ。なあシュン、今日もレベル上げできるじゃん、な」

「一日草取りして次の日レベル上げってちょっと辛《つら》かったしさ、ねえ、お言葉に甘えようよー。お姉さん毎日ここに来るんでしょ？　ポーション毎日売ってくれませんか？」

最後の少女の質問には色よい返事をしてあげられないな。露店で売りたいから、毎日は無理だと答える。注文を受ける形で露店で渡すことはできるだろうから、明日からは午後、露店に来てほしい旨を伝えると少年を除くパーティメンバーの顔が一斉《いっせい》に明るいものになった。

「んじゃそれで——」

「ちょっと待てよ！　大体こいつがほんとにポーション持ってるかも解んねーのに勝手に決めてんじゃねーよ！　ほんとに持ってるんなら見せてみろよ、ああ⁉」

置いていかれる形になった少年、シュンが急に怒り出した。典型的な若者たちだなあと感心しつつ、ストレージからポーションを一本取り出した。いや、品質別に出さなければともう一本取り出してシュンに渡した。

「うおー……店売りのと全然変わんねー」

「ちょ、回復量400もある！　これで品質Dかよ、ぱねえな」

「ねえ、お金で済むならこのほうが良くない？」

所有権を移すと、アイテムの詳細を確認することができる。シュンが顔を真っ赤にして震えている他はおおむね好意的な受け止め方をしているようだ。

「何でこんな効果が出せるんだよ！　何でこいつが！　おかしいだろ！」

引っ込みがつかなくなっているのかシュンが喚《わめ》き始めた。非生産的な会話は好きではないのだが。と、慣れた様子で男二人がシュンを担《かつ》いで離れて行き、残った女子二人が彼の非礼を詫《わ》びながらウインドウを開いた。初めて使うがこれが取引に使うトレード画面か。品物、数、金額を提示してあちらが納得すれば入金してくるシステムのようだ。

「では、品質Cを15本まで、410エーン。品質Dが25本まで、310エーンで。瓶は明日以降、露店で返してくださったら一個10エーン値引きします」

練習品ということで、2割ほど割り引いた値段にした。品質Dの値段が適正かは解らないが、品質Fで100エーンになることだし、まあいいのではないだろうか。女子たちが顔を見合わせ、相談を始めた。

「ほんとは全部欲しいんですけど、手持ちが足りないのでCを10本とDを15本ください」

「あたしたち、西の森を抜けたいんですけどね。あそこの蝶がめんどくさいんです」

「もう状態異常のオンパレードで。あたし僧侶《そうりょ》目指して回復魔法取ったんですけど、レベルが低いせいかキュア系の魔法、あっ、状態異常回復ですよ、覚えられなくってー」

女子たちは聞いてもいないことを喋りながら8750エーンを入金してきた。これで取引は完了である。しかしそれはすぐに解決する事柄ではないだろうか。

「薬品店に、解毒薬や麻痺消し、気つけ薬なら置いてありますよ。使われないのですか？」

シュンだけは正直気に喰わないのだが、この少女たちは感じが良いのでお節介《せっかい》をすることにした。紛《まぎ》らわしい商品名を教えてあげると、少女たちはまた顔を見合わせた。

「これって……」

「掲示板に上げた方が良くない？」

この子たちも掲示板を活用しているのか。私は正直使うつもりはないので、情報を伝えてほしいと頼んでみる。

「薬品店の店主がどうして売れないのか不思議がっていました。もし良ければ、周知して頂けると嬉《うれ》しいのですが」

頼みは快《こころよ》く引き受けてもらえて、おかっぱで背の低い方の少女が手早くウインドウを操作してくれた。あっという間に終わったらしく、ちょうどシュンが担がれたまま戻ってきたタイミングで終了する。

「ポーションゲットだよ！　皆お礼、言って言って！」

ポニーテールの背の高い少女がそんなことを言う。取引だから気にしなくていいのにと小さく手を振ったが、シュン以外は皆、声をかけてくれた。悪い気はしない。

「この人超良い人なんだよ。状態異常系の薬って、薬品店に変な名前で置いてあるんだって、すぐ行って西の森、再挑戦しようよ」

超良い人とやらに認定されたあと、彼女らは駆け抜けるようにして街に戻って行った。引っこ抜かれた薬草類は散らばったままである。根が傷《いた》んでしまっているだろうが、一応埋め戻してみることにした。治れ、根づけ、と念じながら植えていると、魔力が植物に流れていくのを感じた。

「？」

魔力を流そうとはしていなかったはずだが。さらに植物を植えてみるが、今度は流れない。となると、思考が鍵か？　該当スキルはどれだろう。ステータスを開いてそれらしいスキルを開いてみた。やはりというか、【緑の手】だ。Ｌv.1の活性化という魔法らしい。

治せるならその方がいいので、できるだけたくさん魔力を送り込みながら植え戻しを完了させた。明日には元気になればいいが。今まで忘れていた水筒を取り出して一応水もやっておいた。ついでに飲んでみるがやはり美味《お》しい。また汲《く》ませてもらうか。

「まあいらっしゃい辰砂ちゃん！　水龍ちゃんも昨日ぶりね！　何だか今日は人が多いわねえ」

採集を終えて泉に移動すると、挨拶する前から精霊さんが登場した。水龍がちょっとだけフードから顔を出して唸《うな》る。

「ジャジャッ」

「まあ、どうしたの？　ええ？　街怖い？　撫《な》でくり回されてなかなか離してもらえなかったって？　まあまあ」

昨日の話を伝えているらしい。精霊さんにはちっとも驚いた様子が見られないので、多分その訴えは無意味だろう。

「大変だったわねえ、でも水龍ちゃん可愛いからねえ。うっかりひとりになったら攫《さら》われちゃってもっと怖い目に遭うかもしれないわ？　しっかり辰砂ちゃんにくっついているのよ」

あ、やっぱり。採集を続けつつも聞こえる会話が予想通り過ぎた。水龍の力ない相槌《あいづち》の声が聞こえて、肩に爪《つめ》が引っかかる。待遇の改善は認められなかった、と。残念だったな。

「ありがとうございます、精霊さん。そうだ、これ、お使いになりませんか」

水龍を丸めこんでくれたお礼をしたいので、今朝作ったブレスレットを取り出す。

「まあ、水晶の装飾品ね。綺麗ねえ、だけど……貰えないわ」

しょんぼり顔の精霊さん曰《いわ》く、下位精霊は自分の魔力の通らない物は触れないのだという。精霊さんは水の精で、水晶は土の気の物。薔薇水晶に至《いた》っては火の気も併《あわ》せ持つそうだ。

「そうですか……」

残念である。この世界で一、二を争う恩人の精霊さんに受け取ってもらいたかったのだが。

「魔法のかかった品だったら触れるんだけどね。湖にいた頃の仲良しさんがね、付加術師《ふかじゅつし》さんだったたから色々ご馳走になってたの、懐《なつ》かしいわねえ」

付加術師ときた。それでは今朝これは要らないと断じたばかりの【付加魔法Ｌv.1】を使えば何とかなるのだろうか？　スキル詳細を確認してみよう。精霊さんに断りを入れてステータスを開く。

『【付加魔法】対象に魔法または魔力を与える。効果時間は使用ＭＰで調整可能。対象により抵抗されることがある。効果は重複しない』

簡潔な文章である。つまりこのブレスレットに魔法をかければ精霊さんが使えるということではないだろうか。早速Lv.1で使える魔力付加《エンチャント》（水）を使用した。

『一部抵抗されました』

おや。ウインドウが現れて部分的に失敗した旨が表示されている。もう一度ブレスレットを観察すると、水晶部分は青みを帯びているのだが、薔薇水晶は変化がなかった。火の気というのが原因だろう、相性があるようだ。

「精霊さん、この中だとどの石がお好きですか？」

手持ちの水晶たちから粒の大きい物を取り出して精霊さんに聞いてみた。精霊さんは即決で紫水晶を選んだので、他は仕舞《しま》う。

「これは水の気があるから触れられるわあ。だけどほんとう辰砂ちゃんて芸達者《げいたつしゃ》ねえ。水龍ちゃんも良い人に貰われて良かったわねえ、絶対幸せになれるわよ」

まるで嫁《とつ》ぎ先で言われるようなことを水龍は言われている。明らかに困った様子だが、精霊さんはアメジストに興味津々《しんしん》で気づく素振りは見られなかった。元から触れるから魔法は要らないと言われ、薔薇水晶と取り換えるだけで完成した。

『水晶のブレスレット（水）　品質D　耐久度500
屑水晶を丁寧《ていねい》に磨いて繋いだ簡素なブレスレット。魔力糸で繋いであり、結び目はどこにも見当たらない。あしらわれた単結晶と紫水晶は若干品質が高い。水晶部分に水魔法が付加されており、水魔法を僅《わず》かに補助する。魔力が切れるまでは壊れない』

最初に作った物よりは品質が上がった。付加魔法を使うと品質が少し上乗せされるのかもしれない。MPを奮発《ふんぱつ》した甲斐《かい》があって壊れにくそうだ。精霊さんも喜んで受け取ってくれたので大満足である。

24話　露店と専用装備

モグリ薬品店に薬草を納めた後は冒険者ギルドへ。今日は依頼達成の報告だけでなく、露店の許可を得なければ。

「ギルドカードを確認しますね。……はい、大丈夫です。ありがとうございました。では露店マットの保証金が10000エーンです。こちらはマットの返却時に戻ってくるお金ですのでご安心ください。営業場所の指定はありませんが、他の方の露店を明らかに妨害する位置に広げるなどの悪質な行為を確認した場合は保証金が取り上げられ、また露店を開くことができなくなりますのでご注意ください」

今日も受付嬢は立て板に水だ。アナウンサーのような滑《なめ》らかな口調で伝えられた注意事項をメモ帳に書いておく。もうメモ帳には一日一回、目を通すことにする。どうも注意事項の類《たぐい》は記憶から抜けやすい。

10000エーンを預けて露店マットを受け取り、早速美のカリスマのところへ向かう。理由は簡単、厳《いか》ついおっさんの隣だとおかしな奴が寄ってこなさそうだからだ。知り合いなら頼みやすい。勿論カリスマさんに断られたら諦《あきら》めるが。

「あらお姫様。ちょうど良かったわぁ。貴女《あなた》向けの装備、今仕上がったところなの」

昨日と同じ所に露店を開いていたカリスマさんに挨拶すると、立ち上がって歓迎してくれた。何でもちょうどメッセージを作成していたところだったという。

「装備してみてくれるかしら？　引っかかるところがあれば今手直ししちゃうから」

そう言ってカリスマさんは試着室を手で示した。ゲームなのに、と一瞬思ったものの、そう言えば装備コマンドなんてないんだったと思い出した。本当に着たり脱いだりしないといけないのだ。

さっさと着替えて試着室から出る。全体的に白で統一されており、袖《そで》付きのタイトドレスに近いだろうか。スカートのひだが優雅《ゆうが》で美しいが、丈《たけ》が足元まであって足に布がまとわりつく。これでは蹴れない。

「ん、やっぱり似合うわねえ。気に入らないって顔してるけど、どこが嫌なのかしら？」

機能性を確認しているとカリスマさんから声をかけられた。そんなに解りやすい顔をしていただろうか、大人げないことをしてしまった。謝って正直に理由を述べる。

「すみません。私の攻撃手段は主に蹴りなので、このデザインですと足に布が絡《から》まってしまって動きにくいです」

「え？　魔法職じゃないの？　蹴りなの？　いやごめんなさい、アタシのリサーチ不足だったわ、もっとちゃんと聞き取りしなきゃ駄目ね。ちょっと待って、手直しするから着替えて頂《ちょう》戴《だい》」

一旦《いったん》初期装備に戻ってカリスマさんの手直しを待つことになった。どうやら糸は魔法職が使うというイメージが強く、また防具を着けているわけでもない私が直接攻撃主体の戦闘をするとは夢にも思わなかったらしい。言っておけばよかったか。

「マント程度の自由度があれば差し支えないってことよね、蹴りってことは脛当《すねあ》てがあった方がいいし、そうね、ブーツにも芯《しん》を入れた方が……」

半分独《ひと》り言を呟きながらも、カリスマさんの手元では針が閃《ひらめ》くようだった。本当に私と同じ日に始めたのだろうか？　この道五十年と言われても信じてしまいそうな手捌《てさば》きである。

ほんの5分ほどで魔法のごとく手直しは終わった。再度着てみると、先程とは動きやすさが格段に違う。ぱっと見では解らないが前後左右に深いスリットが4本程入っているようだ。踏み込みの際に邪魔にならぬよう、くるぶし丈だったのがふくらはぎのあたりまで短くなっている。

ブーツは完全に別物と化していた。ショートブーツだったはずが、腿《もも》の半《なか》ばまである上、爪《つま》先《さき》と踵《かかと》、脛、膝《ひざ》の前面に芯材が埋め込まれている。前側が編み上げになっていて、現実ではとても履《は》けないデザインだ。

「これなら蹴りに威力も乗るわよ！　最初とはちょっと変わったけど、これはこれでいいじゃない。どうかしら？」

ご満悦《まんえつ》のカリスマさん。確かにこれなら動きやすいし私のプレイスタイルにもぴったりだ。ただし、この装備は明らかに私の全財産よりも高価だ。少なくともしばらく露天商をしなければ支払えない。

「あらそうなの？　それじゃあ仕方ないか。全部で6000エーンだからお金が貯《た》まったら渡すわね。そうだ、露店なら隣でおやりなさいよ。おかしな男も結構いるし、アタシなら虫除《むしよ》けになれるわよ」

頼もうと思っていたことを勧《すす》められて恐縮《きょうしゅく》しきりである。最初にハゲとか思ってしまって申し訳なかった。カリスマさんは腕も中身も素晴らしいオネエである。

お言葉に甘えて隣にマットを広げ、品質別にポーションを並べた。値段設定は今朝、若者たちのパーティに売ったのと同じにしておこう。不公平は良くない。マナポーションは品質Dを460、Eを310エーンとした。

しかしこれだけだとマットの上が寂《さび》しい。ポーションが品質別に2種、マナポーションも品質D、Eの2種だけだ。マナポーションの品質Cは私用なので売れない。夕方のお手伝いで今日は多めに作ることにするか。

並べてしまえばあとはやることがないので、カリスマさんを見習って水晶磨きに没頭する。

付加魔法をかけて魔法を補助する装飾品にすれば売れるかもしれない。

25話 値段設定あれこれ

ブレスレットに仕上げては付加魔法をかけて並べる。紫水晶が魔力付加《エンチャント》（水）、薔薇水晶なら火が抵抗されない。茶水晶は土、黄水晶は風で、庭園水晶は樹であった。ガーネットはどの属性も弾《はじ》かれてしまった。レベルが足りないのかもしれない。

練習も兼ねて作れる限りブレスレットを作っていく。途中で色付きの水晶がなくなってしまったので、単結晶がすだれ状にぶら下がるように繋いだペンダントも作ってみた。無色の水晶はどの魔力付加もすんなりかかるので、好みもあって水を付加した。

さすがに精霊さんにあげたほどの魔力を注ぎこむと個数が稼げないので一つ当たりMPを100ほど使用した。さてこれらを売りたいが、売値はどれほどが適正だろうか？

「カリスマさん、今話しかけても大丈夫ですか？　これはどれくらいで売れると思います？」

ちょうどジャケットのような物を縫《ぬ》い上げたカリスマさんに聞いてみた。カリスマさんでも解らなければ適当に決めよう。快く頷いてくれたカリスマさんに、ブレスレットの詳細を見せるため、いったん手渡す。

「どれどれ？　……え？　魔法補助……？　しかも石の色で種類が違うの？　しかも耐久値お

かしいわ……品質Dで100って何？　材料が鉱物だから？　いいえ、それなら武器類の耐久値はもっとあるはずよね……。お姫様、いいえ、辰砂ちゃん。これらはかなり高くしないといけないわよ」

かなり長かった一人百面相は終わったらしい。ぶつぶつ言い始めたので、再開していた水晶磨きの手を止める。しかし、高値が付くとも思えない品質だと思うのだが？

「理由を聞いてもいいですか？　正直、元手はかかっていませんし、品質もDですから大したことはないと思っています」

「そうねえ、魔法補助効果と耐久値がおかしくなかったらただの装飾品だから200エーンくらいが相場なんだけどね。まず現状作成できるアクセサリーの耐久値って、せいぜいが30程度なの。軽く3倍以上でしょう？　その上、魔法の助けになるような装備品はこれまで出てないから、普及するまでは、そうねえ……10000エーンくらいかしら」

衝撃の価格設定であった。このブレスレット6本でカリスマさんの装備が一式買えてしまうというのか。いやそれは取り過ぎだ。

「待ってください、このブレスレットの耐久値は私が注ぎ込んだMPと同じ数値になってるんです。500使ったブレスレットの耐久値は500でしたから間違いないです。もしかして補助する度に耐久値が減ったりとかするかもしれません、そんな消耗品《しょうもうひん》には10000エーンは高すぎます」

焦《あせ》りながら推測《すいそく》を話す。いくら私が厚かましくても素人の手芸品にそんな値段は付けられない。カリスマさんはそれを聞くと眉根《まゆね》を寄せた。

「お姫様、作り方はできるだけ喋っちゃダメよ。今のはアタシも悪かったけど。そうね……魔法ならそのうち追従者が出てくるか……そしたら、４０００エーンくらいまで抑えましょうか。多分同業者がそのうち出てくるから、そしたら向こうに合わせたらいいわ」

大分良心的な値段になってほっとした。その通りに設定しながらマットの上に並べていると、カリスマさんの露店に一組のパーティが来店した。

「カリスマさん、やっと西の森抜けられそうだわ。明日は来れないかもしんないからさ、頼んでた装備ができてたら引き取りたいんだけど」

「あらそうなの？　できてるわよ、はいこれ。お代は伝えてた通り２５０００エーンね。……確かに、ありがと」

「わぁ、可愛い‼　カリスマさん、ありがとうございますぅ。とうとう状態異常の薬が見つかったんですよぉ、薬品店の変な名前の薬がそうだったんですぅ」

「午前中に掲示板に情報提供があってな。早速買い込んで今からボス討伐《とうばつ》だよ。ポーションが心許《こころもと》ないが、ま、何とかなるだろ」

「あら、ポーションならお隣さんが売ってるわよ。見ていけば？」

午前中と言うと、少女たちに頼んだ書き込みだろうか。情報が行きわたっているようで何よりだ。磨く水晶がなくなってしまったので今度は糸で編み物の練習をしながら隣の会話を聞いているると、カリスマさんが水を向けてくれた。パーティの人たちは微妙な顔をしているが、一応こちらに来てくれた。

「いや、言っちゃ悪いんだけどプレイヤーメイドのポーションは効果が低……くないな。店売りと遜色《そんしょく》ないぞこれ」

そりゃそうだ、グレッグ氏と一緒に作ったのに効果が違ったら詐欺《さぎ》である。などとつまらないことは言わずにおいて、パーティが騒ぐのを見守ることにする。

「おーこれなら買った方がいいじゃん。全部買おうぜ」

「マナポーションも品質Eだけ残して、あとは貰お？　再使用制限時間も全然長くなってないしぃ」

「値段も品質相応か。店主さん、全部貰うといくらになるんだ？」

「ポーションの品質Cが5本、Dが10本、マナポーションの品質Dが17本ですね？　合計12970エーンです。瓶は次回購入時にお返し頂けたら一個につき10エーン値引きします」

このマット、端に電卓が付いている。おかしなところで便利だ。合計金額を告げてエーンをやり取り。ストレージを開いた女性が笑みを浮かべながら瓶を透かしている。

「瓶もタダじゃないもんねぇ。薬品店も同じこと言ってたよぉ。大事に取っとくねぇ？」

瓶も同じものでございい、とは言わず、そうですねと流した。お見送りをして、最初の接客は終了だ。

「良いポーションなのね。いっぱい作ったら、明日には貯まるんじゃあないかしら?」

カリスマさんの意見に賛成だが、正直飽《あ》きっぽい私の性分《しょうぶん》を考えると調薬ばかりやると、やはり飽きる可能性が高い。気長にいこう。一週間まではかかるまい。

残念ながら、ブレスレットは夕方まで粘《ねば》ったものの売れずじまいであった。これも気長に考えよう。

26話　調薬修行の終わり

「やあ辰砂君、聞いてくれ!　今日の冒険者たちは『気分ハツラツ』と『気合い一発』と『目もシャキ!』を買い占めて行ったんだ!　とうとう次の街に向かうんだろうね!」

モグリ薬品店に入るや否や私はグレッグ先生に持ち上げられた。いい歳《とし》をして高い高いをされるという稀有《けう》な経験をしてしまった。

「せ、先生、良かったですね。しかしどうしてそんなにご機嫌でいらっしゃるのです?」

ぐるぐる回されて目が回る。カウンターに手をついて身体《からだ》を支えつつ聞いてみると、グレッグ先生はにこにこしたまま教えてくれた。

「うん?　だって、次の街に冒険者たちが行ってくれたらこの街が少しは静かになるからさ!

「ここ数日、人口密度が高過ぎて正直はらはらしてたんだ」

聞けば、この田舎町が受け入れられる人数を遙《はる》かに超えた来訪者が同じ日にどっと現れたものだから、街中のありとあらゆる施設はてんやわんやであったらしい。

「屋台の連中は料理のし過ぎで腕の筋《すじ》を痛めるし、宿屋の従業員は掃除のし過ぎでぎっくり腰。一番可哀想《かわいそう》なのがギルドの従業員だよ、仕事が増え過ぎて興奮《こうふん》剤を使って寝ずに仕事してるんだ」

プレイヤーとしては知りたくなかった裏事情を聞いてしまった。返す言葉が見つからず、返事が遅れた私を見てグレッグ先生は私も来訪者だということを思い出したらしかった。

「あっいや辰砂君のことじゃあないんだよ！　ただね、彼らがしんどそうなのを見るとやっぱりちょっと、辛くてね……」

ごめんねと続けられてしまい、こちらこそ申し訳ないですと返事をして、何とも思っていないことを態度で示すべくカウンターの脇《わき》から中にお邪魔する。実際のところ、私は気にしてないのでグレッグ先生も気にしないでほしい。

手早く作業に入る。【調薬】が良い仕事をしてくれるので、あっという間に薬草を粉末にする仕事は終わった。グレッグ先生が、これもと任せてくれたので刻む作業も手早く進める。温度管理と混合粉末を投入するタイミングが、今のところ最も苦手なので先生の手元を見ていたいのだ。

「まあ、タイミングを間違えなければ、薬草の品質が下がることはないからね。逆に言えば、それだけ難しいということなのだけど」

何をしているか察したらしいグレッグ先生が、ほら、と鍋を示した。鍋の縁《ふち》に細かく泡《あわ》がついている、これはまだ早いか。

「辰砂君が納めてくれる薬草類はもうすべて品質AかBで揃えてあるから、多少見極《みきわ》めが甘くても問題なくてね。調薬師としては複雑だけれど」

ははは、とグレッグ先生は入れるにはまだ早い鍋に混合粉末を投入した。私でも解るほどなのになぜ？

「驚いた？　だってね、店売りのポーションは品質Cだから。少し失敗しないと品質Cに持っていけないんだ。煮立たせ過ぎると劣化の見極めが難しいし色が濁るからね、ここが品質の調整にはもってこいなのさ」

素材が良ければ仕上がりも良くなるのは当たり前の話だ。今の話は店売りならではの悲哀《ひあい》ということになるだろう。

「まあ、別注品で高品質ポーションを作ることもあるんだけど。品質S指定は何度作っても緊張するよ、やっぱりねえ。水もノース山から汲んで来ないといけないし」

グレッグ先生はカイフク草粉末を投入した大鍋を火から下ろしながら笑ったが、私はそれに応じるどころではなく動揺していた。品質Sなんてあるのか。先が長すぎて見えない。

「どうしたの？　ああ、品質の話かな。そうなんだよ、極上の素材を何一つしくじらずに渾身《こんしん》の力で作り上げれば、品質Sになるんだ。もし作ってみようと思ったら材料を品質Aで揃えるところから始めたらいい」

メモ帳が今日だけで何ページ埋まるのだろう。もう次のを買わないと間に合わない。震える手で見出しを書く。品質Sを目指すためには――。今精一杯《せいいっぱい》やって品質Cなのだが、いつか到達する日は来るのだろうか。

今日売り切れた5種類の薬の調合を終えて一服している時、グレッグ先生が少し申し訳なさそうな顔をしているのに気がついた。どうされたのだろう。

「辰砂君。申し訳ないのだけど。薬草採集の依頼は、今日までにしても構わないかな」

申し出はあまりに唐突《とうとつ》で、一瞬理解が追いつかなかった。けれど、徐々に意味が頭に浸透してくる。そう言えば今日はグレッグ先生は歩いていた。元々、私は先生の痛めた足の代わりをしていたのだ。治れば終わるのは当たり前であった。

「わかりました。今まで本当にありがとうございました。お陰《かげ》さまで私も生活することができましたし、調薬の知識も蓄《たくわ》えることができました。お世話になりました」

感謝の気持ちが僅《わず》かでも伝わるように深く頭を下げた。この依頼を受けたおかげで、精霊さんとも縁《えん》ができたしグレッグ先生の弟子にもなれた。不本意ながら背中の水龍とも知り合ったわけだが――まあそれは置いておこう。

「辰砂君……頭を上げておくれ。こちらこそありがとう。この怒濤《どとう》の数日は、君がいなければ間違いなく乗り越えられなかった。昨日言っただろう？　上達が早いって。薬草採集も、調薬の知識も、もう教えることは殆《ほとん》どないところまで来ている。自信を持ってやっていきなさい」

グレッグ先生のつぶらな瞳《ひとみ》が優しく光った。そっと差し出された手を握り返して、笑い合った。頑張ります。

「調薬を本格的にやろうと思うなら、ニーの街のフェンネルという鍛冶師を訪ねるといいよ。道具作りが得意でね、ここの設備も彼に作ってもらったんだ。初心者セットでは我慢《がまん》できなくなる時が来ると思うから」

グレッグ先生が何やら封書を渡してきたと思ったら、フェンネル氏への紹介状らしい。初心者調合セットのちゃっちさは、本職が見ると我慢できないレベルの物なのかもしれないな。これについてもお礼を言って、お暇《いとま》する。

「また遊びにおいで。元気な姿をたまには見せておくれよ」

どこまでも弟子に甘いグレッグ先生は、千切《ちぎ》れそうなほど手を振ってくれたのだった。勢い余って壁に手をぶつけていたのは見なかったことにしておいた。

『称号：【熊薬師《くまやくし》の愛《まな》弟子】が追加されました』

27話　仔水龍の食事

深夜。食事の時間である。とはいうものの、雰囲気《ふんいき》が何やら物々しい。三人一組の柄《がら》の悪い男たちがあちこち巡回するように歩いている。誰かを捜しているようだが。

物陰《ものかげ》に潜《ひそ》んでしばらく様子を窺うが、何分狭い通りの中で複数組が動いているのでどうしてもすれ違わざるを得ない。昨日は何人かいた野良たちが一人もいない。これはもしかすると、昨日の食事が原因かもしれないな。

三人一緒に捕まえるか、撤退《てったい》するか。しかし食わねばどうせ死ぬわけで、選択肢《し》などあってないようなものだ。

路地を練り歩く、他の組と一番離れた三人組を尾《つ》けることにした。【魅了】を強く意識して三人組の背中を視界に収めている。目が合わなくても発動するのかわからないが、失敗したら今度は距離を取って相対《あいたい》するかたちで行こう。足を止めろ、止まってしゃがめ。

1分経過。かかった素振りは見られない。継続。

2分経過。左側の男の足取りが重くなり、つられて他二人がペースを落とす。距離はまだ詰めない。継続。

3分経過。残る二人も頭が重いのか手を額《ひたい》にやったり頭を振ってみたりしている。左側の男は完全に足を止めて屈《かが》んだ、屈服したらしい。

　結局全員をしゃがませるには3分半ほどかかった。毎日条件が違うから比較はできない。今日時間がかかったのは目が合ってないからなのか複数だからか距離が遠いからなのか、全然わからないままだ。

　やれやれ、と近づいて【吸精】。髪の毛は接触の妨害にはならないので、後頭部に手をつけて実行。薄気味悪い声が聞こえてくるのは無視した。

　左の男は塩を入れてない素《す》のパスタ味、真ん中の男は古くなったキャベツ味、右の男はミント感が凄《すご》かった。私はミントが苦手なのですぐやめた。今のところ全員美味しくないのだが、これは修行か何かなのだろうか？

「異常はなかった。30秒後に立ち上がって、巡回に戻りなさい」

　指示を与えて素早く離れた。ふらふらと立ち上がり、こちらを振り向かないまま歩き始めた三人組を見送って宿に戻った。しかし、もう少し美味しい味に当たらないものか。せめて塩加減くらいは決まっていてほしい。

　宿に戻って今日もベッドで伸びている水龍を糸で作った寝袋に差し込む。ウナギ漁の筒みたいな見た目であるが、昨日の籠よりはフカフカだろう。

「……ジャ」

　寝言か？　水龍が唸ったが動かないので気にせず寝台に滑り込んだ。そろそろ現実では午前

2時になる。もうログアウトして就寝しなければ明日の仕事に障《さわ》りそうだ。メニューを操作していた私は水龍が横目で私を窺っていたことには気がつかなかった。

「……ンジャンジャジャ」

現実時間にて、翌日夜。後は寝るだけになった私は早速∞世界にログインした。∞世界での一日は現実では四時間ほどに換算される。たった三日でグレッグ先生の依頼が終わったのは、プレイヤーの都合を鑑《かんが》みて設定された期間だったのかもしれない。それはさておき、∞世界では五日が経過しているということだ。

「ジャジャジャジャジャジャジャジャジャジャジャジャ」

「痛い」

景色が移り変わるや否や、顔が凄く痛い。水龍が爪楊枝《つまようじ》みたいな前足で私を引っ掻き回している。とても痛いので首根っこをひっつかんで顔から引きはがした。目から汗《あせ》をかいているがどうしたのだろう？

「ジャジャア……」

力なくうなだれた水龍をしばらく観察する。こういう時、意思疎通《そつう》の手段がないのは大変不便だ。そういえば表面が乾燥しているような気がする。これは前に精霊さんに頼まれたときと同じじゃつか。

指先で魔力玉を作って水龍に差し出した。みるみる食べきって唸り始める。これはあれか、お代わりを要求しているのか。また作っては渡しを三度繰り返したところで面倒《めんどう》になった。私の身の丈ほどの大きさに作って勝手に食えとやってみた。あっという間に食べきられた。まだ足らんというのか。身体のどこに収まっているのか不思議である。MPを100になるまで使い込む羽目になった。

「ケプー。ジャージャ」

やっと満足したらしい水龍が腹を撫でてごろんと転がった。気のせいか一回り大きくなっている。取った栄養が一瞬で身になったのか、大変漫画チックな演出だ。

「お前は毎日食べないと飢えるのか。私は最大で五日寝たままになるから、お前の食事のことを考えなければならないな」

寝ている間に干からびて死んでいました、では精霊さんに申し訳ない。水龍はちょっと考える風に身をよじらせて、んじゃんじゃと空中を手で掻いてみせる。

「何？　死ね？　喧嘩《けんか》なら高値で買うけど、違うって？　……手刀《しゅとう》の練習だな？　もうちょっと大きくなってからやったらどうだ、それも違う？」

全然通じないジェスチャーにお互い苛立《いらだ》ってくる。何が言いたいんだこのチビ龍が。あちらも似たことを思っているのか目つきが悪い。しかし今度は手で宙を掻き、掻いたところを両手で広げるような仕草《しぐさ》をした。そこに手を突っ込んで何かを摑んで出す？

「ああ。ストレージ」

やっとわかった。全く非効率なコミュニケーションだ。ストレージを開けということは何かを出せということだろう、こいつが求めているのはなんだろうか。肉を取り出してみる。――違う。布団用の毛皮？　――これも駄目。薬草――出しきる前に押し戻された。匂いで奥方を思い出すのか震えている。じゃあ何なんだ？

あとは細工中には興味がなさそうだった水晶の類《たぐい》しかない。屑水晶を幾《いく》つか手のひらに載《の》せると、両手を何度も大きく広げた。大きいのが欲しいのか？　手持ちで一番大きいのは水晶だ。装飾品には大きすぎて使いあぐねていた拳大《こぶしだい》のクラスターを取り出した。水龍の頭が上下する。これでいいらしい。

「何に使うんだ？」

尋ねてみると、水晶を前に踏ん張るような体勢で両手を突き出し、水晶を睨《にら》みつけ始めた。怪《あや》しい祈禱師《きとうし》が何かを念じているように見える。つまりこれに魔法をかけろということか。付加魔法だな。しかしそのジェスチャーはどこで学んだのか気になるところだ。

水龍が好む、魔力付加《エンチャント》（水）を選択した。MPをどれほど使おうか、いや待て。MP100しか残ってないのに付加魔法など使っている場合ではない。

品質Cのマナポーションを2本飲んだ。これで900を超えたから、もう大丈夫だろう。ん？　空《あ》き瓶を片方だけ叩いている。もう一本飲めと言うのか？　そんなに注ぎ込ませるつもりなのか？

疑いつつも改めて魔力付加（水）を始めた。水晶の隣に陣取った水龍が流れ込む魔力をチェックしている、ように見える。こいつには魔力が目視できているらしい。せっかく回復したMPが再び100まで戻ってしまった頃、ようやっと水龍が手を叩いた。

満足げに水晶に巻きついた水龍。それでその水晶をどうするつもりなのか。疑惑の目で見ていると、水龍は水晶から青い塊《かたまり》を取り出して口に放り込んだ。ああ、そういうこと。冷蔵庫みたいなものか。

それにしても、まだ何も仕事らしいことをしてないのにどっと疲れた。精霊さんのところに行って癒《いや》されよう。

28話　龍語と意思疎通

ノース山に移動。5日の間にネトゲ廃人《はいじん》たちや熱心なプレイヤーはニーの街に移動したのかもしれない、街といい道中といい冒険者の姿が少なかった。精霊さんも今日はリラックスした様子である。ブレスレットが手首にあって嬉しくなった。

「まあ。大変だったわね？　それで水龍ちゃんが水晶抱えてるってわけなのね。辰砂ちゃん、ありがとうね。水龍ちゃんも良かったわねえ、大きな水晶貰えたねえ、おおよしよし」

「ンジャ〜」

顔の引っ掻き傷の理由を聞かれて起きぬけの顚末《てんまつ》を語ったところ、労《ねぎら》いの言葉を頂いた。水龍も顔を撫でられてご機嫌である。奴はクラスターを私に返すものかとばかりに身体でしっかり固定しており、試しに引っ張ってみたがびくともしなかった。その際、指を噛《か》まれたのは私が悪いので不問に付《ふ》した。

「だけど水龍ちゃん、女の子の顔に傷を作ったままじゃあ良くないわ。責任持って治しておあげなさいよ、ね？　まあぁ！　なんてこと言うの、こんな別嬪《べっぴん》さんに、水龍ちゃんがそんな子だなんて……うぅっ……」

精霊さんは私の顔の傷が気になって仕方なかったらしいが、水龍が何やら反抗したようだ。多分、男か女かわからない乱暴者だから必要ないんじゃね？　とか言ったのであろう。間違っていないので気にならないが精霊さんは泣き真似《まね》をし始めた。

おろおろと精霊さんの回りを水龍が飛びまわり、物凄く仕方なさそうに私の方を指差した。にわかに顔に暖かい風を感じて思わず頰《ほお》を触ると、あったはずの傷が跡形《あとかた》もなくなっていた。

「あらあ、辰砂ちゃんよかったわねえ！　綺麗に治ってるわよ。水龍ちゃんはやっぱり優しい子だったわねえ。おばあちゃん嬉しいわあ」

一瞬でにこにこ笑顔に変身した精霊さんに水龍は戸惑《とまど》っているようだったが、笑ってるしいっか！　みたいな雰囲気で抱きしめられていた。どうやら水龍はあまり思慮《しりょ》深くないらしい。はっきり言うとアホの子である。

雑談を続けながら薬草類を採集し、泉の水を汲み、先日植え直した場所を見に行った。しっかり根づいていることを確認、念のため再び【水の宰】を駆使して水を撒《ま》こうか。水筒2本分だが、ないよりはいいだろう。泉に戻り、もう一度水を汲んで精霊さんと別れた。今度はイースト山へ移動だ。

人が少ないのをいいことに山から山へ最短距離で空中移動。風を切る感覚が爽快《そうかい》である。後はカリスマさんに大きいクッションを作ってもらったら、重心が定まらず落ち着かない気分も解消するに違いない。装備の次はクッションを頼むこととしよう。

誰ともすれ違わないままイースト山へ。誰もいないのでフードを上げて採掘に励む。どうしても視界が狭《せば》まるので不便は不便なのである。話しかけるなオーラは強烈に出るのでそういう意味では便利なのだが……。

崖の麓の光るポイントを端から端まで掘ることにして数時間経過。飽きるまで掘り倒して一息ついた。大漁である。前回と同じく水晶類、少しの軽銀、新しく青曹珪灰石《そうけいかいせき》、縞瑪瑙《しまめのう》に、心の底から不思議なのだが真珠《しんじゅ》まで出てきた。驚き過ぎて三度識別したが真珠であった。

一息ついたのでもう一度識別してみたが、やっぱり真珠である。今までに遭遇《そうぐう》した不思議の中で一番理解不能かもしれない。いつの間にやら遊びに出ていた水龍が戻ってきて、真珠を欲しがるので渡した。どうも気に入ったらしいので糸を編んで帯状にし、即席のチョーカーにしてつけてやる。まあ結構沢山取れたし一つくらいならいいだろう。

「ンジャジャア、ジャッジャ」

何言ってるか全然わからない。こいつも懲《こ》りないなあと思いつつ身振り手振りを交える水龍を眺《なが》めていた。

『魅了が抵抗されました』

ん？

『魅了が抵抗されました』
『魅了が抵抗されました』
『魅了が抵抗されました』
『魅了が抵抗されました』

消しても消しても出てくるポップアップウインドウに思わず目を閉じた。目の前がちかちかするのを眉間《みけん》を押さえて堪える。抵抗されるとこんな感じになるのか。

薄眼《うすめ》を開けてウインドウが展開してないのを確認してもう一度目を開けた。水龍が相変わらず一生懸命喋っている。【魅了】はこいつに抵抗されたのか。初抵抗がこんなすごくなんともなさそうなものだとは思わなかった。

「ンジャ、ジャンジャジャ」

観察を再開。うーむ、アホの子にしか見えないけれどこのひたむきさは得難《えがた》いものかもしれない。私には失われたものだ。何だか何が言いたいのかも解りかけてきたような気もしてきた。

「ジャジャジャ、もうジャジャッジャアンわるジャア」

今は両手を握って上下にぶんぶん振っている。うーむ何か一生懸命言ってる。多分ちょっと怒っているな。

「ジャジャう、ジャア加減ンジャれよ！　ジャアアりがとッジャ言ってンジャろ！　馬ジャー！」

いい加減にしろだ？　お前こそ解るように喋るんだな、半分くらいしか解らないぞ。

「もーばあちゃんのお願いじゃなきゃこんなに一生懸命喋んねーのに！　良くしてもらったらありがとって言うんだろ！　察し悪過ぎんだよバーカバーカ！　わかれよ！　真珠と水晶ありがと！　あ・り・が・と！　わかる？」

人のことを馬鹿にしてるのか、はたまた礼を言ってるのかはっきりしてもらいたい。最初の意思疎通は大変微妙なものに終わったのだった。とりあえずデコピンしておこう。

29話　ボス討伐のお誘い

小生意気だと思っていた水龍がやはり生意気であったことを確認した後。なぜ急に言っていることがわかるようになったのかと言えば、【龍語Ｌv.5】が生えていたからだった。

『龍と意思疎通できるようになる。Ｌv.5で日常会話程度、Ｌv.10で専門分野に関する討論が可能な程度の言語能力が身につく』

果たして龍と専門分野の討論をする可能性があるかどうかは置いておいて、意思疎通の重要さを噛みしめているところである。

「えー、あのおっさんのとこ行くのかよ……あのおっさん超強そうだからヤなんだよなあ」

マントに隠れた水龍は嫌そうだが、聞こえないことにした。気配がとか身のこなしがとか言っているが、水龍にこれほど脅威《きょうい》を抱かせるとはカリスマさん恐るべしである。

帰り道で少しだけ雑魚を狩り、常時依頼で１０００エーン程度稼いだ。露店マットを借りてカリスマさんの露店へ向かう。先客がいたので目礼だけして隣にマットを広げて準備を進めた。毎回値段設定しないといけないのが面倒だ。

「はい、毎度。またよろしくね。……アタシのお姫様じゃない、こんにちは。平日はこのペースなのかしら？」

ログインペースを尋ねられて、頷く。家事を効率化すればもう少し増やせるだろうが、それにしても2時間がいいとこだろう。

「ええ。だいぶ混雑も落ち着いたみたいですね」

プレイヤーがひしめき合うようだった噴水前の広場もかなり空《す》いていた。行き交《か》うのは平日仕事組や学生組だろうか。カリスマさんも腕を組んで頷いた。

「そうねえ、お姫様にはよくないかもしれないわね……人が減ると売り上げも減るもの。ニーに行く予定はないの？」

ニーの街か。調薬道具のグレードアップのためには行かねばならないが、先にカリスマさんの装備を手に入れなければなるまい。装備を整えてから進むのが冒険のセオリーである。

「カリスマさんに渡すお金を貯《た》めたら行ってみようかと思っています。先に進むほど魔物も手《て》強《ごわ》くなるでしょうし、いつまでも初期装備で通用するとは思っていません」

「悪循環だわねえ。うーん……今、幾らまでなら払えるのかしら？　ブーツだけでも装備すれば西の森のフィールドボスなら二人で何とかなると思うわよ」

所持金は現在32000エーン程度である。グレッグ先生様々だ。3日目の報酬《ほうしゅう》額は18000エーンまで増えていたのだから有り難い話だ。それはさておき、30000エーンまでなら払える旨を伝える。

「30000エーンか。ブーツ単体が29000エーンだから大丈夫ね。はいこれ、毎度あり」

29000エーン渡してブーツを受け取る。詳細を確認してみようか。

『白袋猪《ホワイトボールボア》の硬質なブーツ　ホワイトボールボアの毛皮を加工したブーツ。爪先、踵、脛、膝部分には森蜘蛛の外殻《がいかく》製の芯材が入れられており、蹴りの威力を高めると同時に脚《あし》を保護する。被ダメージを3％カット。与ダメージにＳｔｒ値の3％加算』

「どうかしら？　自信作よ。アタシも次の街に進まないとこれ以上の素材は手に入れられないから、一緒に行かない？　お得意様がみんな進んじゃって商売あがったりなのよね」

さっきの二人という台詞《せりふ》はカリスマさん自身を指す言葉であったらしい。自然に水龍のことだと思っていたが、教えていないのに知っているはずがなかった。

「辰砂、こいつ絶対強いし、いいんじゃね？　西って海があるんだぜ。俺海見たいし行きたい、こいつはちょっとどころじゃないくらい苦手だけどさ」

フードの奥から囁《ささや》き声が聞こえてくる。話が通じるようになったら主張が激しくなった。とはいえ海なら水の魔力も溢《あふ》れているだろうし、こいつの住処《すみか》にも向いているかもしれない。いつまでも私の魔力だけで生活させるのも不憫《ふびん》である。

「カリスマさんが良ければお願いします。今から行きますか？」

戦うのなら、ポーション類を売らない方がいい。さっさとマットを片付ける。本日の売り上げは０、寂しいが仕方ない。

「いいの？　悪いわね。その代わり絶対損《そん》はさせないから。行きましょ」

カリスマさんも手早くマットを巻き取った。衣類はボディバッグに収められていった。かなり上等な鞄《かばん》だ。

「鞄も自作なの。お得意様限定でご注文も承《うけたまわ》るわ、もちろんお姫様はうちの広告塔だから大丈夫。いつでも言ってね、ストレージには劣るけど結構便利よ」

とにかく裁縫《さいほう》に関《かか》わることは有能なオネエ、カリスマさんは頼もしく微笑《ほほえ》みかけてくれたのだった。この商魂たくましいところが好ましい。水龍は苦手なようだが少なくともニーの街までは一緒なので頑張れよ。

マットを返却したその足で西の門へ向かった。門番はさすがにプロだ、カリスマさんを見ても眉一つ動かさない。

「知ってるかもしれないけど確認ね。西の森に出る蝶は毒、麻痺、眠りの状態異常を仕掛けてくるわ、と言うよりもそれしかしないわ」

この間の草取りパーティの話を思い出した。かなり手強いという話だった気がする。

「状態異常回復薬はそれぞれ30程度ずつあります。今日から売ろうと思っていたので、ポーションとマナポーションも50ずつありますが、カリスマさんは本数に余裕がありますか？」

今は私とカリスマさんがパーティを組んでいる状態なので、物品を渡しても所有権自体は移らない。カリスマさんは店売りの品を20本ずつ調達してきていたのでひとまずはいいそうだ。

30話　初パーティと蝶々大盛り

「お姫様が今日来てくれてよかったわ。厳しいかもしれないけど一人で行こうかと思ってたから……に、しても全然エンカウントしないわね？」

「ああ、薬、使わないに越したことはないと思ったので網《あみ》にまとめてありますけど。10匹超えたら倒そうかと思ってました」

周囲に漂わせた糸に触れた蝶々《ちょうちょう》を団子《だんご》状にまとめたものを手繰《たぐ》り寄せてみせると、カリスマさんは武器を構えながら呆《あき》れたような顔をした。

「アンバランスねえ、お姫様って。糸って操作と変質を同時にこなしてしかも一本じゃ弱いから複数本扱わないといけないんでしょ？　攻略組張《ば》りの腕前なのにどうして装備には無頓着《むとんちゃく》なの？」

蝶々を長柄《ながえ》の棒でしばき倒しながら、投げかけられる質問に困った。そんなこと言われても勧められたままに選んだだけで、自分の腕前がどうとかは考えたことすらなかった。一応装備も整えようとは思っていたが、カリスマさんと知り合わなければ未《いま》だに初期装備のままだった可能性はかなり高い。あ、最後の蝶々が死んだ。

「糸もそろそろ新調したいんです。決して無頓着なわけではないですよ」

網をほどいた糸玉を袖から取り出して眺める。ハンカチにしたりチョーカーを作ったりブレスレットになったりと非常に多芸な武器であるが、若干くたびれてきた様相を呈《てい》している。本来の糸が消耗品であることを考えれば無理もない。

「そうは思えないけどねえ。まあ、糸って鍛冶屋でも裁縫師でも作れないし、糸が初期装備のままなのはわかるんだけど。いったい何屋なら作れるのかしらねえ」

「……そうなんですか」

「知らなかったの？　やっぱり無頓着なんじゃない。見栄《みえ》張ったって良いことないわよ」

見栄を張ったわけではないのだが。ただ、糸は武器屋にあるのだろうと思っていただけだ。そう言ったら、また呆《あき》れた顔をされた。今のところ取り扱っている店は見つかっていないそうだ。

「辰砂ってアホなんだな」

水龍までわざわざ囁いてきて、自分の後頭部に手刀を入れる羽目になった。カリスマさんには怪しまれたが上手くごまかしたから問題ない。

何処《どこ》からともなく集まってくる蝶々を団子にしてはしばき倒すこと1時間。レベルは上がるしアイテムも大漁、ではあるのだが。延々《えんえん》繰り返されるルーチンに飽きてきた。予定ではそろそろボスがいる辺りに来ているはずだったのに、半分も進めていない。

「おっかしいわねえ、こんなにエンカウント率が高いなんて掲示板にはなかったわ。ボスと戦ってる間だけは凄いって聞いてたんだけど……」

カリスマさんも困惑《こんわく》顔である。蜘蛛よろしく伸ばした糸で捕まえているため、ポーション類の消費は全くないのが救いだろうか？　気分的にはそうでもないが。

「ちょっと休憩《きゅうけい》しませんか？　ちょうど今朝ノース山の湧き水を汲んできたので」

休憩が終わったらちょっと大きな蝶団子をしばけばいいだけの話だ。カリスマさんも賛成してくれたので、適当な石の上に糸を編んでさっと作った敷物をかけ、並んで腰かける。クッションみたいでいいわね、と褒めてくれたので空中移動用のクッションのことを思い出した。忘れないうちに頼んでおこう。

「カリスマさん、私が上で寛《くつろ》げるくらいのサイズでクッションを作ってもらえませんか？　装備を譲《ゆず》っていただいた後でいいんですが」

水筒を一本取り出し、蓋《ふた》に注いで渡した。私の分は【水の宰】を駆使して一口大にする。このスキル、というかニュンペーの先天スキル【水の宰】【緑の手】【死の友人】は異様なほど汎《はん》用《よう》性が高いようだ。いずれのスキル詳細にも『対象をMPを消費して扱うことができる』としか記載されていないが、使ってみてその自由度に驚いた。結構なんでもありなのだ。【死の友人】だけは全く使用していないが、【水の宰】はちょこちょこ使っている。そう、例えばこのピンポン球サイズの水の塊《かたまり》を水筒から私の口まで行進させることだって自在である。

なんという不作法、だがそれがいい。要るだけ口に入るので楽である。順調に人間が駄目になっていく。小さな爪で肩が叩かれているが無視する。

「え、クッション？　いいけれど、何に使うの？　野宿なら野営セットじゃないと魔物避けられないわよ。それと使う時間は短いのかしら？」

カリスマさんが不思議そうに用途を尋ねてくる。全速で1分あたりMPを25使うから、今のMPだと緩《ゆる》めに飛んでも2時間は越えられないいな。肩が叩かれ続けている。諦めないなこいつ。

「飛ぶ時に敷きたくて。今の私のＭＰだと２時間を越えることはありません」

もうカリスマさんには隠さなくてもいいか。私の中ではかなりカリスマさんの信用度は高まっている。正直に用途と時間を答えた。カリスマさんは狐《きつね》につままれたような顔をして、しばらく考えていた。待つ間に水玉を３つばかりフードの中に送り込む時間があったほどだった、やっと静かになった。やれやれ。

「えっと……【風魔法】系の飛空術を使うときってこと？　でもアレ確かスーパーマンポーズ取らないと飛べないんじゃなかったかしら……クッションなんて使えるの？」

そんな面白スキルがあるとは知らなかった。ポーズ固定の飛行は使いどころが難しそうだ。

「私のはそれではなくて、【浮遊】と【空中移動】の合わせ技ですから。どこにも体重がかからないのに移動するのが慣れないので、クッションに乗れば落ち着くかなと思いまして」

ほら、と地に足を着けるのを止める。だいぶ馴《な》染《じ》んできた浮遊感に包まれてカリスマさんを見上げた。ところで、30㎝は浮き上がった１６０㎝の私が見上げるカリスマさんの身長はどれほどあるのだろうか、まだ頭一つは違うのだが。

「ええ？　そんなスキル聞いたことないわ、お姫様って人族じゃないの？　【浮遊】スキル持っていったら妖精系統だけど、ちっちゃくないし……」

「ああ、ニュンペーです」

もう一度驚かれた。何でも掲示板ではＥＰの回復が特殊すぎて、レアなのに外れ認定されているそうな。そんな扱いでは竜胆《りんどう》さんが傷ついてしまう。そりゃ確かに夜な夜な人目を忍んで他人を魅了し、HPとMPを失敬するなんてアンダーグラウンドな雰囲気漂うプレイスタイルを強要されるけれど。せめて1週間に1回くらいの頻度《ひんど》であってほしかったけど。

31話　レアボス

休憩中に二人であれこれ話した。夜な夜な行う食事の際の苦労や人前でうっかり浮かないための工夫など、大したことではないと思っていたことを幾つか。案外我慢していたようで話しだすと止まらなかった。

「お姫様も【最初】持ちなのねえ。アタシもなのよ。アタシは【最初の金剛力士《こんごうりきし》・吽《うん》】なの。天部《てんぶ》系統のレア種族よ」

私の話を聞き過ぎたからと、カリスマさんも自分のことを教えてくれた。金剛力士って仁王《におう》像ですよね。何故裁縫師をやるのに金剛力士を選択したのだろう。

何でも天部系統というのはレア種族しか存在しない系統らしく、かなりステータスが優遇されているそうだ。裁縫師をやるのに不足はないそうだが、金剛力士自体に手先の器用なイメージがないせいか、どことなく違和感が残った。もっとも、その違和感もカリスマさんが続けた言葉でさっぱり消え去ったのだが。

「アタシ、運命を感じたのよね！　だってアタシが最初の吽形《うんぎょう》ってことは、∞世界のどこかに最初の阿《あ》形《ぎょう》がいるってことだもの！　まだ見ぬ阿形の王子様と結ばれるために金剛力士やってるのよ！」

目を憧《あこが》れに煌《きら》めかせて、鮮やかに棍《こん》を操《あやつ》り蝶々を粉砕するカリスマさん。金剛力士なのに武器が金剛杵《こんごうしょ》じゃないと思って聞いてみたら、選べたけど選ばなかったのだとか。

「だってあれリーチ短いんだもの！　アタシ虫とかゾンビとか触るの嫌だから棍にしたわ、いくらボーナス付いたってお断りよ」

意外と俗《ぞく》っぽい理由だったことにむしろ驚いた。笑いながら千切っては投げ千切っては投げしそうだ、などとは言わないでおこう。大人だから。

休憩はいい気分転換になった。再びひたすら蝶々撲殺《ぼくさつ》作業を繰り返しながら森を西に進み続ける。街道があるから迷うこともない。再び半分飽きつつも、ようやっと曰くありげな広場の手前まで辿《たど》り着いた。

「いい、お姫様。あの広場に侵入したらボス戦スタートよ。実際のボスはフォレストベアって熊なんだけど、蝶がやたら集まって来るらしいわ。倒しても倒しても湧いてくるから、お姫様は蝶の殲滅《せんめつ》を優先してほしいの。手が空いたらこっちに加勢して」

掲示板で情報収集してきたというカリスマさんの作戦は効率的だった。蝶々がまとめて飛び散るようなＳｔｒ値の持ち主が熊と相対した方がいいに決まっている。私は捕まえる方は得意だけれど、Ｓｔｒ値を考えるとボス熊相手では大して役に立たないだろう。加勢したとしても攪乱《かくらん》程度に終わるはずだ。

「了解です。じゃあ、行きましょうか」

糸玉を手に持ち、緊急用のポーションとマナポーションがポーチにあるか確認。同じように確認を済ませたカリスマさんと目を合わせて、広場に進んだ。

『Warning!! White Forest Bear Appeared!!』

ええ…格好《かっこう》良いつもりなのか、急に英語のウインドウが開いて点滅した。スキル説明などもこれまでアルファベットが全く出て来なかっただけに面食《めんく》らう。しかも森の熊さんが白いってどういうことなんだ。久しぶりに運営の趣味を疑うな。

「え？　待って、ホワイトって……っ！　やだお姫様、ヤバいわ。レアボスに当たっちゃったみたい」

ん、レアボス？　そう言えばさっきの説明ではホワイトとは言っていなかったかもしれないな。

「レアに当たるなんて運が良いですね。では作戦通り行きましょう、熊の方はお願いしますね」

ヤバいなんて若者の言葉を使いこなすとはさすがカリスマさんである。残念ながら私は彼らほど多様なヤバいを使い分けることはできずにいるが。空気を読んだのか、ただ佇《たたず》んでいた白

熊が吠《ほ》えた。呼応《こおう》するように集まり始めた蝶たちに向けて糸を編む、蜘蛛の巣型は作りやすい。

「えっ、超ポジティブ……！　っもうお姫様ったら！　男前すぎるわよ。金剛力士だったら惚《ほ》れるところよ！　わかったわ、いくわよぉ。オラかかってこいやゴルァアア！」

カリスマさんは色々喚いて熊に突進していった。男前かどうかはともかく惚れないでくれるとありがたい。いや大丈夫か、私はニュンペーだからな。

「お互い全然噛み合ってねえよ！　最初は明らかに逃げ腰だったぞあのおっさん。辰砂は無謀《むぼう》だし、おっさんはビビリすぎだろ。反応が逆だよ」

水龍がもごもご呟いているがよく聞こえない。今は蝶潰《つぶ》しに忙しい、またあとで聞くか。何か悪口を言われている気もするし。

「ちぇええええぃ！」

「ガアアッ、グルゥルルァアアア！」

カリスマさんの戦いは広場で展開された。そこに無粋《ぶすい》な邪魔が入らぬようにしつつも熊にちょっかいを出せばいいわけだ。しかし、私の加勢が要るのか？　これに？

気合いとともに棍を突き出し熊の肩辺りに打撃を与えるカリスマさん。熊の爪の軌道を見切り、僅かな身動《みじろ》ぎだけでかわして空いた脇腹《わきばら》にカウンターを入れ、立ち位置を入れ替えるように背後に回って頸椎《けいつい》辺りに振り下ろすように強打を入れる。打撃の度《たび》に熊が苦悶《くもん》の声を上げ、苦し紛《まぎ》れの反撃を繰り出してはかわされている。明らかな力量の差が見えた。

「……野暮《やぼ》だな。うん」

心なしか生き生きと熊と戦うカリスマさんの邪魔だけはするまいと心に決めて、私はひたすら蝶々を集めて踏む作業に戻ったのだった。

32話　ちょっとしたピンチ、それと卵

15分ほど経過。カリスマさんはほとんど傷もないまま熊を一方的に殴りつけ続けているが流石《さすが》ボス、体力ゲージがとても長い。雑魚に比べると減りも鈍く、二本あるゲージの片方がまだ半分になったところである。

「カリスマさん、蝶の処理慣れてきたんですが、どういう感じで手を出したら邪魔になりませんか？」

蝶の湧き方を色々試しつつ観察したところ、全滅させると周囲から10匹が一斉《いっせい》に登場し、15秒毎《ごと》に1匹追加されるようだ。1匹だけ残しておけば15秒毎に1匹追加だけで済むので、間違えなければ余裕ができる。

「そうねえ、たまに突進したがるのを止めるのが面倒だから足が止まると――きゃっ！」

カリスマさんに助太刀《すけだち》方法を聞こうとした時だった。熊の右フックを一歩下《くず》がって避けたカリスマさんだったが、ちょうど下がったところに窪《くぼ》みがあり、バランスを崩してしまったのだ。

タイミング悪く熊がさらに踏み込んで、左の爪を繰り出した。どうにか棍で爪を受け止めたカリスマさんだったが、体勢が悪い。もう一度右から殴られたらまともに食らってしまいそうだ。

「カリスマさん！」

もう野暮とか言っている場合じゃない。焦りつつも、どうにか熊の気を逸《そ》らしたい。背後から蹴ったらカリスマさんの方に倒れ込んでしまって逆効果だ。後ろから糸を突き刺しても同じことだし、ええとええと、そうだ下から刺そう！

「せいっ」

思わず気合いの声が漏《も》れてしまったが、一旦地面をぐらせて熊の真下から何十本か糸を突き出させ、熊を貫《つらぬ》き止めようと試《こころ》みる。

「――ゲァッ⁉」

おっ、刺さった。刺さることがわかったのだから躊躇《ためら》うことはない、もっと沢山、動けなくなるまで刺しまくろう。とにかくこれ以上カリスマさんに接近させてはならないのだ。

「ギャアアアアアア‼」

熊が涎《よだれ》をまき散らしながら両手を振り回して悶《もだ》えた。無軌道ながら、当たれば危ない悪あがきである。ハッとしたカリスマさんが体勢を整えて少し距離をとってくれた。どうやら無傷のようで、ホッとする。しかし危うくカリスマさんの顔面を捉《とら》えるところだった爪を許すわけにはいかない、糸を巻きつけて全部抜いた。あとはフックを繰り出していた掌《てのひら》の肉球《にくきゅう》もいで

くれる——！

「やめたげて、もう熊のライフはゼロだから！」

カリスマさんから待ったがかかった。ライフ？　ＨＰはまだ残ってるが、カリスマさんがものすごい勢いで首を横に振っているので、ひとまず肉球に巻いた糸は解いた。明らかにカリスマさんがホッとした顔をする。どうもやりすぎたようだ。

「足止めは十分過ぎるくらいよ、あとはアタシが引き受けるから、お願い。お姫様は蝶々のアイテム稼いで頂戴。いっぱいあった方が嬉しいわ……」

涙目のカリスマさんが進み出る。補助が十分だということなら私は再び蝶を倒そう。熊を縫い止めている間に蝶々が３匹に増えていたのを順に踏む。改めてＨＰゲージを確認するが殆ど減ってなかった。やっぱりＳｔｒ値が低いのがネックか。手を握りこんでみた。次のステ振りはＳｔｒに振るか。

「この糸魔力使ってんだから腕力じゃなくて魔力とか知力とかが関係あるんじゃねーかな！　調べた方が絶対いいと思うけどなー！」

急に水龍が耳元で叫んだ。やかましいが、とはいえ内容はまともである。確かに、糸を振り回しているわけではないのだからＩｎｔかＭｎｄが関係する方が自然だ。ニーの街に着いたら調べてみるか。

糸で地面に縫い止められた熊の末路はあっけないものだった。散々《さんざん》に棍で叩かれ、途中から私も蹴ったので思ったより早く片付いた。

ちなみにカリスマさんのブーツは素晴らしい力を発揮《はっき》した。蹴りならきちんとダメージを与えられたので私も一安心である。現在のステータスではボスに手も足も出ないとなると、単調なレベル上げを続けざるを得ないところであった。

毛皮と牙《きば》、爪、掌がドロップした。掌って何に使うんだろうか。ちょっと嗅《か》いでみたが結構臭い。猫の肉球とは違う。嫌がらせに使うアイテムだろうか？

「あら掌？　変わったのが落ちたのね。熊の掌って珍味《ちんみ》だったわよね確か。食べ……たくなかったら売ったらいいわよ。料理人なんか喜んでくれるんじゃないかしら」

多分とても嫌な顔をしたのだろう、カリスマさんの助言が途中で変化した。この臭《にお》いを嗅いだ後に食べるのは結構な勇気が必要である。

「そうします。高く売れるといいんですが」

いやに多いドロップ品をストレージ送りにしながら数を数える。毛皮13、牙6、爪16、掌2。私に二つ来たということはカリスマさんにはいってないかもしれない。譲ろうとしたが速攻で断られた。食事では冒険しないタイプだそうで、残念である。

「んー……、レアなのかしらこれ？　どう思う？」

同じくアイテムボックスをチェックしていたカリスマさんが何やらアイテムを取り出して見せてくれた。『白卵《しろたまご》』。

「……え？」

「ねえ？」

顔を見合わせてしばらく沈黙した。詳細にも『鞄に入れて持ち歩くと良いことあるよ☆』としか書かれておらず、何もわからずじまいであった。

「まあ、掲示板で質問もしたし、そのうち何かわかるわよねきっと。とりあえず説明通りにしておくわ」

肩をすくめたカリスマさんがボディバッグに卵を放り込んで、ひとまずこの話題は終了した。

とりあえずニーの街に行こうと意見が一致したためだ。

もう何も起こるなよとの願いが通じたのか、あとの道のりは平穏《へいおん》そのものであった。

33話　掲示板4

【モグリなのに優秀】イチの街周辺フィールドボス攻略スレその3【熊店長に感謝】

1．アンドレ
ここはイチの街周辺からニーの街に到達するまでの範囲に出没するフィールドボスの攻略情報を集めたスレです。ノーマルボス、レアボス問わず情報提供感謝です

次スレは＞＞970を踏んだ方、お願いします
過去スレ一覧《いちらん》
【まだ見ぬ】イチの街周辺フィールドボス攻略スレその1【ボスたち】
【毎日が】イチの街周辺フィールドボス攻略スレその2【状態異常】

――略――

950．三流亭素人
パーティメンバーみんなログインバラバラ過ぎてボスに挑《いど》めない
野良パーティ組んで行くだけ行こうか迷い中、森熊って野良でも行ける？

951．ゆっきー
フルパーティで平均レベル20あったらメンツ考えなくてもいいと思う
人数減るほど蝶担当の負担大きくなるから、3人以下はお勧めしないかなー
熊本体は大したことない、近接職ならワンパンになることないし

952.　黄色い魔導師
俺、二人で挑んだわｗ
両手斧《おの》使いと俺（魔法使い）で、だいぶ疲れたｗ
蝶討ち漏らしたら鱗粉《りんぷん》撒きやがるんだけど、今のところ100％で状態異常かかるという鬼《き》
畜《ちく》仕様は早急に何とかしてほしい
2回しくったけどあの時麻痺ってたら全滅してた。毒だったからよかったけど

953.　スペースミライ
運営の意地の悪さを随所《ずいしょ》に感じるよねｗ　なんで最初のボスから状態異常使ってくるのｗ
ところで熊さん周回してるんだけどさ、たまに蝶湧き異常なことない？　森入った瞬間から
ボス戦並みに蝶がいる時あるんだわ。面倒だから一回入り直したら元通りなんだけど

954.　焼肉こそ我が人生
アレ周回とか物好きだなｗ
まー普通に考えたらレアボスかねえ？

955.　777

すみません、初心者なんですが教えてください
レアボスってなんですか？

956．山根《やまね》（偽）
たまに出るいつもと違うボス
大体強い
大体ドロップがレア
大体初見殺し

957．777
＞＞956　親切な方ありがとうございました！

958．スペースミライ
リンク下手かw　＞＞957　半角にしないとリンクしないよ
やっぱレアぽいよね、でもあの量は嫌だわー

959．美のカリスマ

あら、なんかタイムリーな話題だわ
西の森のレアボス討伐成功したから書きに来たんだけど大丈夫かしら

960．　ゆっきー
どぞー

961．　美のカリスマ
ありがと
やたらと蝶が湧くからおかしいなって思ってたら白熊が出たの
普通の熊を倒したことがないから、行動パターンが違うかはわからないわ
ドロップ品は毛皮、爪、牙、掌と卵よ
卵の使い道が解らないんだけど誰かご存じないかしら？
（《ドロップ品　ＳＳ《スクリーンショット》　【白森熊の毛皮】【白森熊の爪】【白森熊の牙】【白森熊の掌】【白卵】》）

962．　三流亭素人
え？　熊から卵？

963．焼肉こそ我が人生
つーかこのふざけた詳細文ｗ
良いことあるよ☆じゃねーよｗｗ

964．ゆっきー
∞世界にはいないとまで言われてたレアボス確認かあ
西の森周回するパーティ増えるかね？
そして卵の詳細が不明すぎる件

965．ルーク
レアボスが出たと聞いて
普通のとの違いはわからないのか、残念だけどしょうがないね

966．山根（偽）
＞＞959　アイテム収集情報スレとドロップアイテム情報スレにも貼《は》っといたほうがいいかも

攻略組が情報持ってる可能性もあるし
もし暇ならもふもふしたい会スレにも貼ってやってくれ。リンク貼っとく
（リンク貼付【http://www……】）

967．美のカリスマ
＞＞966　ありがと、まわってみるわ
皆様ありがとう。装備の新調の際はアタシに声かけてくださると嬉しいわ
ニーの街で露店開く予定だからどうぞよろしくね
失礼するわね

968．ルーカス
レアボスが（ｒｙ
って知り合いか。ニーにいるなら話聞いてくっかな

969．黄色い魔導師
さようならー
しかしキャラ濃そうな人だったなー

970. ゆっきー
一目見たら絶対忘れないよ
むしろ忘れられない

―――続く―――

【不遇すぎて】糸使いの集いその1【泣ける】

1. あらくねー
ここは様々な事情があって糸を選んだ者たちの集いよ
糸に関することなら何でもござれ、ただし荒らしはお断り
次スレは>>995で間に合うわね、きっと

―――略―――

600. 間者《かんじゃ》ダーリン

隠密《おんみつ》プレイ自体との相性は◎　だが攻撃手段を別に用意する必要ががが
糸だけでカッコよく戦いたい

601．SMOKE
糸で攻撃って難しいよなあ。もっぱら捕縛《ほばく》用よ

602．あらくねー
蜘蛛プレイにはもってこいよ？

603．疾風
忍者プレイにも最適でござるよ！　即席縄梯子《なわばしご》など朝飯前でござる！

604．間者ダーリン
新発想ktkr
ちょっと試してくる

605．SMOKE

しかしここもほぼ固定メンバーだよなぁ
新たな糸使い現れねえかな？

606．あらくねー
こないだ森で蜘蛛プレイに勤《いそ》しんでたら一人見かけたのよね
フード被《かぶ》っててよくわからなかったけど、拘束《こうそく》からの蹴りが見事だったわ
でもあれからあの子見ないのよね……

607．疾風
まさかの糸×蹴りでござるか！
拙者《せっしゃ》も短刀だけでなく【拳固《げんこ》】取って頑張ってるでござるが先達がいたでござるな

608．SMOKE
糸使うプレイヤーの9割8分は魔法職だからな
しかし魔法職は魔法職で8割杖《つえ》だし、1割5分鈍器《どんき》だし
どこまでいってもマイナーな糸使いたち

609．間者ダーリン
ただいま
縄梯子が有用すぎて笑ったわ
これで更なる間者プレイに邁進《まいしん》できるぜ

610．あらくねー
雇《やと》い主がいない間者って間者っていうのかしらね？

――続く――

3章

chapter 3

The Nymph
who wants to hide
ties with
"pharma" skill

34話　到着、ニーの街

ニーの街は、グレッグ先生が教えてくれた通りかなり大きい街だった。この辺《あた》り一帯の領主館もここにあるのだと言っていた。恐らく小高い所にあるあの大きな館《やかた》だな。

「着いたわね、それにしても大きな街。お得意様が増えそうでわくわくするわ。お姫様、復活地点に行きましょう？　そこで解散でいいかしら」

カリスマさんの声に頷《うなず》いて、後について移動する。とにかく私は人に殆《ほとん》ど関《かか》わらず掲示板も利用しないため、プレイヤーの常識に疎《うと》いのだ。

「ニーの街で解放される機能の一つが、復活地点からの街移動よ。復活地点の中空に浮いてる光に触って街を選択したら移動できるんですって。他にもクラン開設とか、土地や家の購入とか、工房か店舗《てんぽ》限定だけど賃貸《ちんたい》物件も借りられるようになるの」

賑《にぎ》やかな大通りで人並みが鮮やかに分かれてゆく。モーゼのようだ。まあ、真っ赤なアオザイ（戦闘服だそうだ）に身を包み、大ぶりのイヤリングを煌《きら》めかせたスタイリッシュな禿頭《とくとう》系偉丈夫《いじょうふ》が一般受けするとは考えにくいか。

「家ですか。いいですね」

宿屋は自分の匂《にお》いがしなくて落ち着かない。思う存分《ぞんぶん》気を抜いて空中を漂いながら生活するのも良いだろう。目標が一つ増えた瞬間であった。

「家買うなら俺も部屋欲しい。滝と川があったら後は贅沢《ぜいたく》言わねーからさ」

水龍《すいりゅう》がおかしなことを嘯《うそぶ》いている。それが贅沢というやつだよ馬鹿者《ばかもの》め。部屋の中に滝ってどうやって作るんだ。人目がなければデコピンしているところである。と、歩きやすかった大通りは神殿に通じていたらしい。いつの間にか神殿まで来ていた。入ると驚くほど広いスペースの中に大きな男の像が設置されている。

「ニーの街はこの神殿に入ってすぐ目に留まる、あの神様の像が復活地点なんですって。なかなか色男じゃない、フフッ」

カリスマさんがにっこりした。それから少し真面目《まじめ》な顔になった。何分身長差があるので私もかなり顔を上向けてカリスマさんと視線を合わせた。首がだいぶ無理な角度になっている。

「今日はありがとうね、アタシの我《わ》が儘《まま》に付き合わせちゃったわ。やっぱりアタシ一人じゃ無理だったと思う、一緒に来てくれてありがとう」

真面目な顔だとカリスマさんの顔のつくりは一級品だった。どうして上からけばけばしいメイクを施《ほどこ》してしまっているのか。大変勿体《もったい》ないことになっている。

「いいえ、私こそありがとうございました。それに沢山《たくさん》のことを教えてくれてありがとう。気の合う人と冒険するのは楽しいですね」

「そう言ってくれると嬉《うれ》しいわ。また機会があったらパーティ組みましょうね、アタシのお姫様」

気障《きざ》な台詞《せりふ》と星の出そうなウインクを残し、カリスマさんは手を振って人ごみの中に消えて行った。周辺の素材を集めたらまた営業するらしい。営業が先か、私がお金を貯《た》めるのが先か。

一人になった私は、神殿の中を見て回ることにした。像へと一直線に向かっていくのはプレイヤーであるから除外するとしても、ここにはかなり人が多い。皆熱心な信徒なのだろうか？

そう言えばこの神様は名前を何というのだろう。

「すみません、もし不躾《ぶしつけ》な質問であったら申し訳ないのですが、こちらで祀《まつ》られている神様のお名前は何というのでしょう」

ちょうど通りかかった、神父っぽい感じの方に尋《たず》ねてみた。神様の名前を知ること自体禁忌《きんき》の宗教もあったりするのだがどうだろうか？　幸い逆鱗《げきりん》には触れなかったようだ、神父っぽい方は穏《おだ》やかな笑顔を浮かべたままである。

「来訪者の方ですな。ここでお祀りしている神々は3柱《はしら》おわします。ご覧《らん》になられていた像の方が来訪者を遣《つか》わした主神ケーイ・チヤマ・ダ様。そして主神の右腕であられますノ・リコサ・サキ様、そして主神の奥方であられますトクメ・イキ・ボウ様です」

「……」

聞くんじゃなかった。開発責任者と副責任者がこれほど露骨《ろこつ》に登場するゲームがかつてあっただろうか。関係記事で散々《さんざん》見かけた名前である。奥方は本当に山田《やまだ》氏の奥方なのか、本名よりマシかもしれないが匿名《とくめい》希望だからってそのまま名前に転用するなよ。

「え、えええと。ありがとうございました。折角《せっかく》来たので礼拝していきます」

　硬直していた私はかなり不審《ふしん》に見えたろうに、神父っぽい方の笑顔は小揺るぎもしなかった。

「お気になさらず。貴女《あなた》に数多《あまた》の神のご加護がありますように」

　見送られて広間の奥に並べて設けられた祭壇に近づく。礼拝は祭壇の前に膝《ひざ》をついて頭《こうべ》を垂《た》れ、祈るというかなりシンプルなやり方のようだ。他の人と同じように頭を垂れて祈ろうとし、何を司《つかさど》る神様なのか聞くのを忘れたのに気づいて祭壇の方に目をやってみる。

『夜と酒と二度寝を司るもの　ケーイ・チヤマ・ダ』

　神様やるならせめてもっと主神らしいものを司れと思ったのは私だけではないはずだ。もしも私に加護をくれるなら夜の部分だけください。見なかったことにして左隣へ。

『出会いと婚活とプロポーズを司るもの　ノ・リコサ・サキ』

　かなり結婚したいのだろう。すごく私情の入ったセレクトである。たぶん、加護を与えるよりも与えられたいのではないだろうか。見るのが怖くなってきたが右端へ移動する。毒を喰《く》らわば皿までとも言うし、ここで止《や》めるつもりはない。

『美と愛と優しさと慈《いつく》しみと子宝と育児と家事と内助の功と家庭円満無病《むびょう》息災《そくさい》交通安全学業成就《じょうじゅ》安産祈願《きがん》――』

「多いわ！」

叫んでしまった私に罪は多分ないと思いたい。もう最後まで読む気が失《う》せたので、匿名希望様にも一応祈って神殿を出たのだった。山田GMは奥方を愛し過ぎである。

35話　本屋と老店主

「らっしゃーいらっしゃーい」

「ありやとやんした！」

「どーも奥様今日もお綺麗《きれい》で！　いい魚入ってるよ！」

　私は道に迷っているようだ。神殿で神父っぽい――もう神父さんでいいか、神父さんに冒険者ギルドの場所を聞いたのに、何故《なぜ》かここは食料品市である。

「おかしいな……」

　右に曲がって左に曲がって真《ま》っ直《す》ぐ進んだら着くはずだったのに。方向音痴《おんち》ではないはずなのだがこの体《てい》たらくである。

「辰砂《しんしゃ》は言われた通りに歩いてたぞ。神父が出鱈目《でたらめ》言ったか、そもそも進んだ方向が違ったんじゃねーかな」

　聖職者がこんなことで嘘《うそ》を言うはずはないので、第一歩を間違えた線が濃厚である。しかし戻ろうにもここは人が多過ぎて方向転換もままならない。疲れた、クッションが欲しい。

浮きそうになる足を必死に地に着けて、適当に進んでいく。とりあえず人がいない所に行きたい。たくましい主婦たちの間を抜けて一息つけたのはしばらく後であった。

　市場から抜け出して辿《たど》り着いたのは妙に静かな通りだった。人がいないわけではないがさっきまでの喧騒《けんそう》は欠片《かけら》もない。歩きながら出ている看板《かんばん》を見回して納得する。薬屋と本屋に不動産屋だ。うるさいわけがなかった。

　イチの街にはなかった本屋が気になるので店を覗《のぞ》いてみる。扉は開いていたが従業員の姿は見えなかった。やってないのか？　勝手に入るのは無礼である、どうしようか。

「……客なら入んな。違うならとっとと帰んな」

　嗄《しやが》れ声が足元からして驚いた。見下ろすとこちらを見上げる蛙《かえる》と目が合った。失礼、蛙っぽいご老人である。人間だった。ともあれ、招き入れてもらえたのだから中に入ろう。

「蛙たぁご挨拶《あいさつ》だね、来訪者ってのは皆そうなのかい。言わなきゃ解らないと思ってるんだからお目出度《めでた》いこった」

　店に入ろうとする足が止まった。今、私は間違いなく口に出していなかったはずだ。前を行く小さな老人をもう一度見る。老人は肩越しに振り返り、笑い声を上げた。

「そう警戒《けいかい》しなさんなよ若いの。別に心を読むなんて魔法みてぇなことぁしてないさ、儂《わし》を見た百人のうち九十五人は蛙に似てると思うらしいってなことを知ってるだけだ」

　肩から力が抜けたのが解った。驚かさないでほしい。タネが解れば警戒したのが馬鹿らしくなって、面白《おもしろ》そうな本がないか探すことに集中する。地図のコーナーも気になるが、あれはまた後だ。

『ニーの街周辺の薬効植物』『図解　編み目・結び目の構造』『罠師《わなし》基礎の基礎』『魔物もわかる！　収支と利益』『新説　∞《無限》神話　～主神と奥方の馴《な》れ初《そ》め～』など、興味を引かれる本は沢山ある。いや最後のはネタ的な意味であるが。

主人に値段を尋ねてみた。実用書である前4冊はどれも1000エーン。最後の神話……神話？　だけは500エーンだった。思ったよりは手の出しやすい価格である。植物図鑑と編み目図解だけを購入。本当はもっと手に入れたかったけれど金策をまだしていなかった。

地図のコーナーに移動して、とりあえず街の見取り図1000エーンを購入。自分が思うよりもマップ機能に頼っていたらしいので、マップのアップグレードが最優先だろう。これで無《む》一文《いちもん》だ。

「街ン中の見取り図？　なんでまたそんなもんを。道に迷っただ？　ニーで迷うなら王都なんかじゃ恐ろしい目に遭《あ》うだろな」

脅《おど》かされながらも地図をアイテムボックスに収める。これで地図のアップグレードが完了するのだ。運営の謎仕様のセンスが解らない。

「ああ、よくわかりました。ありがとうございました」

「店の本無駄にすんなよ」

ぶっきらぼうに見えて案外親切な店主に見送られて今度こそ冒険者ギルドへ。やはり最初の進行方向が南北逆だったのが敗因だった。神殿を出て右に曲がったのだが、本当は南に進んで最初の角を右に曲がる、が正解であった。神父さんめ。

だいぶ回り道をしたがようやく到着。イチの街と似た造《つく》りだが規模は二倍程度あるだろうか？　中に入って見回しても、酒場の席数も多い。受付嬢はイチの街では二人だったがこちらでは5人並んでいる。街が変われば変わるものだ。

「いらっしゃいませ。ご用件を承《うけたまわ》ります」

「東の森の熊《くま》を討伐《とうばつ》したのですが。報告すると依頼達成扱いになると聞きまして」

勿論《もちろん》カリスマさんの入れ知恵である。熊に限らず、フィールドボスの類《たぐい》は初回討伐に限り報告すれば少しだけお金が貰《もら》えるらしい。

「ギルドカードをお預かりします。……ありがとうございました。記録を確認いたしました。後はドロップ品を一つお納め頂くことでホワイトフォレストベア討伐の達成条件を満たします」

ドロップ品か。私が今一番必要ないのは明らかに掌《てのひら》である。カウンターの上の掌を見て受付嬢が形の良い眉《まゆ》をひそめた。これは認められないのだろうか？

「辰砂様、掌は最低でも他のドロップ品の5倍は値《ね》の付く珍品《ちんぴん》ですがご存知ですか？　それを踏まえて、こちらを納品されるのでしょうか」

困り顔の受付嬢さん。これは誰かが既《すで》にやらかしたのかもしれないな、値段を知らず納品して後からクレームをつけたとか。情報は教えてもらったら感謝すべきだが、教えてくれなかったからといって詰《なじ》るのは筋違いだろう。

「知りませんでした、私に最も必要ないものだと思っただけなので。それでは爪《つめ》にします、ありがとう」

毛皮はそのうちカリスマさんにクッションを頼む時用に置いておこう。触ると案外フカフカなのだ。明らかにほっとした顔の受付嬢が手続きを進めてくれる。

「では、ホワイトフォレストベアの討伐金5000エーンです、お納めください。それと……もし、もしもですよ。掌をお売りになるのでしたら南西区の宿屋『焼き魚と藻塩《もしお》亭』が、お勧《すす》め、です」

金を受け取ってストレージへ入れた。そうしながら妙に含みがあるように聞こえた受付嬢のお勧めについて質問する。

「教えてくれてありがとうございます。ちなみに、どうしてか伺《うかが》っても?」

受付嬢の視線が泳いだ。躊躇《ためら》うような間《ま》が空《あ》いて、二度意味もなく書類を揃《そろ》えてからやっと口を開いた。

「『焼き魚と藻塩亭』にお客様を呼び戻すため、です」

36話　熊の掌と娘の想い

受付嬢がカウンターから出てきて――並んでいた他の娘たちも訳を知っているのか快く送り出した――そして、酒場の机を借りて座ることしばし。受付嬢が奢《おご》ってくれたオレンジジュースを飲んで間を持たせているが、肝心《かんじん》の受付嬢は俯《うつむ》いたままである。

「……冒険者さんに、しかも来訪者さんにお願いするのはとても心苦しいのですが……『焼き魚と藻塩亭』は私の生家なんです。近頃お客様がめっきり減ってしまって」

もう帰ろうかと考えていたら唐突《とうとつ》に話が始まった。事情をまとめると、売り上げが落ち込み、このままでは宿屋を手放す羽目《はめ》になりそうで、3日後に迫った街おこしのイベントで優勝して客を呼ぼうとしているらしい。

「街中の料理人が腕を競うのですから目玉の食材を手に入れなくちゃいけないんです。父の腕なら熊の掌を活《い》かせるはずです、絶対優勝しなくちゃ、家が……すみません、取り乱しました」

話しているうちに感情が高ぶってきた受付嬢、リンダさんだったが、我に返ったのか深呼吸をした。ちなみに私は定期的に数秒ずつ目を閉じて聞いている、【魅了】の発動を防ぐためだ。

「お譲《ゆず》りするのは吝《やぶさ》かではありません。きちんと対価を頂ければ喜んでお譲りしますが、ご両親は熊の掌を使う予定がおありなのですか?」

コンテストに出すメニューを本番3日前に決めていないなんてことがあるのだろうか? 料理人が試作を繰り返して作品を作り上げる期間が2日間なんて考えにくいのに、今更《いまさら》こんな癖《くせ》の強そうな食材を投入するメリットがあるのだろうか。

「それはっ、でも、父なら何とかしてくれるはずでっ——!」

「……手紙か何か、頂けますか? 今から訪ねてみますから。お父様が必要だと思われればお譲りしましょう」

親の心子知らずというやつだろうか。全幅《ぜんぷく》の信頼を寄せるのは結構だが、父親の意見自体は丸っと無視である。おまけに食材の用途も丸投げだ、なんと一方的なサポートなのか。

とはいえ了承するまで帰してもらえなさそうなので、一度その宿に行ってみることにした。感じの良い宿ならそのまま泊まってもいい。手早く書いてくれた手紙を携《たずさ》えて路地を抜ける。

立地としては大通りから少しだけ入ったところだ。隠れ宿みたいで悪くないが。

『焼き魚と藻塩亭』に入る前に外観を眺《なが》めてみた。建物も汚くないし、ごみも落ちてない。扉の側《そば》の小さな植木鉢《うえきばち》の植物が可愛《かわい》らしい。何が原因で寂《さび》れてしまったのだろう?

「こんにちは。イッテツさんはいらっしゃいますか」

戸を叩《たた》いて宿に入ったが誰も見えない。客がいないと言うのは大袈裟《おおげさ》ではなく、厨房《ちゅうぼう》の方からも火の気が感じられなかった。

「いらっしゃい。イッテツは俺だが、何の用だい」

少し待つと、厨房から明らかに職人肌《はだ》の男が現れた。口数も少なく好感が持てる。

「娘さん、リンダさんから手紙を預かって参りました。先に読んで頂けますか？」

熊の掌売りに来ました、といきなり言ってもただの押し売りである。リンダさんが事情を書いてくれているはずなので、イッテツさんが手紙を読み終えるのを待った。

その手紙を読み進めるうちにイッテツさんの眉間《みけん》に皺《しわ》が刻《きざ》まれてゆく。何を書いたんだリンダさん。

「……悪いが。もう献立《こんだて》は決めてあるんだ。珍《めずら》しい物を持ってきたのはあんたでもう10人目だ。とにかく珍しい食材を使えばいいと思ってるんだろうな、あいつは」

皺の理由はすぐ判明した。リンダさんは希少食材を持っている人を見つけては手当たり次第《しだい》にここに送り込んでいるらしい。この親子はもう少し話し合った方がいいのではないだろうか。

「そうでしょうね。頑張ってください。ところでしばらく泊まりたいのですが」

リンダさんへの義理は果たした。後は本来の関係に戻るだけだ。すなわち客と宿屋である。

イッテツさんは物言いたげな顔をしたけれど、何も言わず了承してくれた。

「2階上がってすぐ左の部屋だ。食事は必要か？……要《い》らんか、じゃあ後は好きにしてくれ。一泊500エーンで最終日に精算だ」

イチの街と宿泊料金が変わらないのはありがたかった。それにしてもさっきの熊代は10日分にしかならない、早いところ掌を売ることにしよう。イッテツさんから鍵《かぎ》を受け取った時だった。

「「────!!」」

金物が叩きつけられたような音と、言い合うような声が外から聞こえてきた。イッテツさんが血相《けっそう》を変えて飛び出していく。赤の他人が渦中《かちゅう》に飛び込むのは躊躇われるので、小窓から外を窺《うかが》った。

「借りた金は返さなきゃあいけねえだろうがよお！　ええ!?　踏み倒そうって魂胆《こんたん》かあぁぁあ!?」

「んおおお!?　どおおおうなんだよおおお!?」

「一週間後に８０００００エーン！　びた一文負けねえからなぁ!!」

「負けねえええ！　からなあああ！」

だいぶ頭の悪そうな合いの手がとても気になるが、この宿が性質《たち》の悪いところから金を借りてしまったことは間違いないようだ。そして宿が寂れた理由も多分そこにある。チンピラの見本市のような集団が、美しいご婦人を取り囲むようにしていた。イッテツさんはご婦人をかばうように割り込んだ形である。

「……必ず返すと、伝えただろう。店の前で騒ぐのは止《や》めてくれとも」

険しい顔つきのイッテツさんが低い声で答えた。チンピラたちはにやにやしている。一人がウシ乳缶に似た容器を蹴飛《けと》ばした。さっきの音はこれが原因だったか。

「親切心だよぉ！　毎日言ってやらなきゃあ、忘れっちまっちゃいけねえからなああ」

「うはははは」

三流の映画でも見ているようだった。特にチンピラ集団のエキストラ感が凄《すご》い。しかし、まあそれはそれとして気分の悪い光景ではあるのでお帰りいただくことにした。糸よ、よろしく。

37話　レベル上げ

「ぎゃははははーハハハハハ……あれ？　どうなってんだあ？」

「あ、アニキどこ行くんすか、あれれ？　足が勝手に」

私のレベルが上がったからか糸の元々のポテンシャルなのか、チンピラ数名の四肢《しし》を操《あやつ》るくらいは容易《たやす》かった。全員が全く同じ動きをしているのは初挑戦ということでお目こぼし願いたい。指先で向きの指示を出しつつ、チンピラたちの後をつける。

中央広場まで行かせて道いっぱいに逆立ちさせ、迷惑行為で憲兵《けんぺい》に捕まるところまで観察。暇《ひま》と言うなかれ、こういう手合いは適当に解放するとすぐ戻ってくるのである。

「またお前らか」

と言われていたので、ある意味有名な輩《やから》なのだろう。数日くらい出て来ないでもらいたい。

宿に戻ると、ご婦人が沈んだ様子で店の前を掃《は》いていた。この方がイッテツさんの奥方でリンダさんの母親か。さっきも思ったけれど誰もが振り返るような美人である。

「今日からしばらくお世話になります。先程はおかしなのに絡《から》まれて大変でしたね」

客として挨拶くらいはしておくべきだろう。一礼すると、婦人ははっと姿勢を正して微笑《ほほえ》んだ。

「今日からご宿泊の辰砂さんですね。お恥《は》ずかしいところをお見せしてしまって申し訳ありません」

「理不尽《りふじん》な輩はどこにでもいますよ。彼らは毎日来るのですか？　迷惑な話ですね」

慰《なぐさ》めつつ水を向けてみた。あれだけの騒ぎがあったのだから全く触れない方が不自然である。

女将《おかみ》さんは眉尻《まゆじり》を下げて苦笑した。

「止めてくださるようお願いしているのですが……」

「話を聞かなそうな若者たちでしたものね。蹴られていた缶は無事でした？」

「ええ、ウシ乳缶は頑丈《がんじょう》ですから。彼らもどこまでなら憲兵を呼ばれないかは心得ているようで、決定的なことはしないんです」

しばらく世間《せけん》話をして、私は一旦《いったん》ニーを出ることにした。情報収集は全然しないままだが、街から離れなければ問題なかろう。

無心に雑魚《ざこ》を狩る。南門の周辺は犬、馬、たまに蟻《あり》だ。最も手こずったのは馬だった。後ろ足の力がとても強く、糸を何度か千切《ちぎ》られた。足首だけに集中して引き倒すのが最も効率が良いことを発見できたのでよしとしよう。

「……なー辰砂？　なんか企《たくら》んでるだろ」

夕方までひたすらレベルを上げた。その甲斐《かい》あってレベルはあっという間に33だ。水龍からツッコミが入るくらいだからかなり露骨に悪い顔をしているのだろう。

ステータスをチェックして、ＳｔｒとＡｇｉを４００まで上げ、余りはＬｕｋに。知らぬ間に【糸】と【蹴り】が最大値まで上がっている。進化させよう。【糸】から【魔糸】へ、【蹴り】から【蹴脚術《しゅうきゃく》】へ。それぞれ15ポイントずつ消費。

「人聞きが悪い。企んでなんかないよ」

目論《もくろ》んでいるだけだと嘯《うそぶ》けば、水龍は呆《あき》れたように引っ込んだ。まだ街に戻らないつもりなのがわかったのだろう。今日はしっかり働こう、空腹は最高のスパイスと言うし。

月が高くなるまでレベル上げを続けた。今日一日で幾《いく》つレベルを上げただろうか、38になっている。夜になったので、魔物の数が増えたことと物陰《ものかげ》からの不意打ちで時間を短縮したのが良かったのかもしれない。変なスキルも生《は》えてるし。でもスキルを入れ替える。今からの時間にはぴったりだ。ちょっと【宝飾】には休憩《きゅうけい》してもらおう。

「そろそろいいかな」

再度ステ振りまで終えて呟《つぶや》いた私の耳を水龍が引っ張った。痛い。

「すんげえ悪人面《づら》してるとこ悪いんだけど、そろそろ俺にも教えろよ。何すんの、今から？」

何をするかと言われれば、答えは一つしかない。そのために頑張っていたのだ。

「ご飯だよ」

凄《すご》く変な顔をされた。折角教えたのに失礼な奴《やつ》だ。

【隠密《おんみつ》】を意識しながら闇《やみ》の中、近くの家の屋根に上がり、そのまま屋根伝いに宿屋へ進む。白い服は目立つが、着替えがないから仕方ない。その代わり、浮いているので足音や衣擦《きぬず》れは一切ない。気分はスパイである。

宿の裏手に、やはりいたか。昼間のチンピラのリーダー格と、昼よりも多少知恵の回りそうな仲間たち。手にごみやがれきを持っており、宿周辺を散らかして帰る気満々である。放火でもするかと思ったがやることが地味だな。

「よし誰もいないな。やれ。静かにしろよ」

リーダー格が周辺を見回して号令をかける。正確には私がいるのだが、屋根の上まではチェックしてないらしく全然気づかない。

手持ちのごみをすべて撒《ま》き、達成感に満ちたチンピラたち。ちょっとからかおうかと、ごみに糸をくっつけてじわじわとチンピラたちの方へ近づけてみる。

「え、あ、アニキ……ごみがこっち来てませんか」

「あ？　んな馬鹿な……っあ？　え？」

気分はゾンビの押し寄せるゲームである。後ずさりするチンピラたちに合わせてごみを進める。後片付けも手間だし、糸は本当に便利だ。ちょっとごみを加速させたら悲鳴を上げて逃げ出したから追跡しよう。

ひいひいと息切れなのか悲鳴なのかよくわからない声が響いている。私はそれを屋根伝いに上から観察し、ごみを操作して追い詰めていく。木箱や空《あ》き瓶《びん》に追いかけられるチンピラの図は傍《はた》から見ると面白いのかもしれないが、生憎《あいにく》笑う気分にはなれない。

治安の悪い方へ悪い方へ進んでいくチンピラ。囮《おとり》のつもりなのか、リーダー格が何人かに足を引っかけたのを見た。残念だったな、脱落しても罰《ばつ》ゲームは別にないのだ。だって全員捕まえるからね。転んだチンピラもごみと一緒にチンピラとのおっかけっこに強制参加である。

さて、リーダーはもう囮にする手下がいないことに気がついたろうか。必死に目指しているのは裏路地のあばら家である。アジト発見、ごみとチンピラを適当に団子《だんご》にして転がしてリーダーに迫らせる。

声にならない悲鳴を上げて、リーダーは間一髪《かんいっぱつ》あばら家に逃げ込んだ。必死すぎたのか扉を閉めないなんて都合がいい——ではなくて不用心である。玄関からお邪魔するついでに閉めておいた。そうしてから、はあはあと息を荒げ、床に蹲《うずくま》るようにしているリーダーの背を睨《にら》んだ。とっとと屈服しろ。

【魅了】がかかるまでは10秒とかからなかった。

38話 絆

「さて。お名前は？」

「ケンドンです」

「好きなことは？」

「カツアゲです」

「なぜ『焼き魚と藻塩亭』に嫌がらせを繰り返しているのか？」

「頼まれたからです」

「誰に？」

「ガーンコです」

「ガーンコはどこの誰でどんな奴かな？」

「『角煮と氷砂糖亭』の店主です。太っていて独《ひと》り身でケチです」

「嫌がらせする理由は言っていた？」

「借金の形《かた》に『焼き魚と藻塩亭』を貰うつもりだと言っていました。それから女将と娘も」

「店主がいるのに？」

「それ以上は聞いていません」

「ふーん。では最後、『角煮と氷砂糖亭』の場所を教えてほしい」

「南地区の大通りで一番大きい宿屋です。三軒隣が冒険者ギルドです」

「ありがとう、助かったよ。褒美《ほうび》をあげたいけど、いい？」

「はい、嬉しぃ……で……」

はい、ご苦労様。【吸精】で倒れるまで吸っておいた。うえ、煙草《たばこ》みたいな臭《にお》いだ。いくら空腹でも臭いは誤魔化《ごまか》せなかったか。

散々転がされて気絶している他のチンピラたちをごみから抜き取ってあばら家の中に寝かせた。ごみは置いて行ってあげよう、良い夢見ろよ。

「辰砂って毎晩、飯《めし》の度《たび》にこんなことしてんの？」

お誂《あつら》え向きに月が隠れたので移動が捗《はかど》る。『角煮と氷砂糖亭』へ屋根伝いに移動する途中で水龍がそんなことを言った。

「いつもはこんなに派手《はで》じゃない。今日はやりたいことがあったから頑張ったけど。ああ、でも時間帯は夜中だな。白昼堂々やると犯罪者まっしぐらだから」

「そっか。飯の調達って大変なんだな。そう考えると俺の飯は辰砂だからラッキーだな、いつもありがと」

身も蓋《ふた》もない言い方だが、不意に礼を言われると照《て》れてしまう。精霊さんに頼まれただけの間柄《あいだがら》とはいえ、一緒にいれば情も移る。言葉が通じだしてから急にほだされている感があるな。

「私も誰か吸わせてくれる奴を見つけたいよ。無理だろうけど」

おっと、憲兵が見回りをしていた。いったん止まってやり過ごそうか。死角に入ったら道を渡ろう。

「んー、俺から吸う？　俺、龍だから頑丈だぞ」

水龍がフードから顔を出した。馬鹿なことを。変な影響が出たらどうするんだ。

「子供が気を遣《つか》うもんじゃない。心配しなくてもどうとでもなる」

珍《めずら》しく私が優しさを発揮《はっき》したのに、水龍は肩を叩いて反論してくる。

「大丈夫だし！　だって辰砂の捕まえる奴って弱いじゃん！　あんなんで腹一杯になるんなら俺からちょびっと摂《と》るだけで絶対大満足だし！」

「ったってお前がどれほど強いかなんて知らないから駄目」

あまりここまで言い募《つの》ることはないのだが、珍しいこともあるものだと思いながら屋根を渡った。コツとしては糸を渡して適当な橋を空中にかけ、その上を浮いたまま通ることだろうか。

「何だよなんで信じないんだよ！　折角役に立てると思ったのに！　俺強いし、お前じゃないし！　俺には『イルルヤンカシュ』って」

『災龍《さいりゅう》イルルヤンカシュと絆《きずな》を結びました。全プレイヤーにアナウンスを行います』

『魔物と絆を結んだプレイヤーが現れました。これより全プレイヤーに絆システムが開放されます。詳細《しょうさい》はマニュアルに追加された情報を参照してください』

「立派《りっぱ》な名前が……？　何だ？　今なんか変な感じしたぞ」

水龍が怒りながら名乗った途端《とたん》にウインドウが現れた。絆を結んだってどういうことだ？

水龍も違和感を感じているのかもぞもぞ動いている。ちょっとマニュアルを参照しよう。

『絆システム　魔物と心を通わせ、互いの名前を知ることでパートナーとなる。絆を結べる相手は1個体のみ。パートナーとなった魔物は、プレイヤーが死亡するとプレイヤーと同じ復活地点に現れ、レベルが10下がる。パートナーだけが死亡した場合は現実時間で24時間経過後にプレイヤーのもとにリスポーンする。この時レベルは半減する。パートナーのステータスは閲《えつ》覧《らん》可能である』

ええ？　心を通わせたような記憶はないのだが。若干《じゃっかん》動揺しつつ、イルルヤンカシュに声をかけてステータスを開いてみる。

イルルヤンカシュ　Lv.15　仔水龍《こすいりゅう》

HP：6200
MP：3800
Str：10000
Vit：10000
Agi：300
Mnd：500
Int：500
Dex：300
Luk：100
スキル：【水魔法Lv.8】【治療魔法Lv.4】【浮遊】【空中移動Lv.3】【強靭《きょうじん》】【短気】【環境低減】
スキルポイント：14
称号：【災龍】【水精の友】【天邪鬼《あまのじゃく》】

なんだこの反則ステータス。これでLv.15って、よく私はこんなの抑え込めたな。イルルヤンカシュは暢気《のんき》に「水精の友ってばあちゃんのことかなー」とか言っている。

何か、気が削《そ》がれてしまった。今日は帰る。帰り道でため息が漏《も》れるのは仕方ないと思うのだ。

『辰砂とイルルヤンカシュに称号：【絆導きし者】が追加されました』

4章

capter 4

The Nymph
who wants to hide
ties with
"pharma" skill

39話　呼び方、そしてにわか料理教室

翌朝。顔の上で水龍《すいりゅう》が寝ていること以外は爽快《そうかい》な目覚めである。摑《つか》んで放ろうとして、思い直してベッドの端に降ろした。一応パートナーとやらになったんだった、物凄《ものすご》く成り行き感があるものの。

水龍、イルルヤンカシュの方はいたって普通で、そうなんだ程度の反応しかしなかった。こいつ本当に解っているのだろうか？　うっかり結んだ絆《きずな》のせいでこいつは湖だか海だかに居着くことができなくなったのに。

「んぐぁ……すぴー……ふしゅー」

涎垂《よだれた》らして腹を上向けている姿には『災龍《さいりゅう》』だなんて物騒《ぶっそう》な枕詞《まくらことば》が結びつかない。人違いならぬ龍違いなのではないか。

「いい加減起きなさい。起きないなら朝ご飯は省略する」

「おはよう辰砂《しんしゃ》！　飯《めし》だメシ！」

狸《たぬき》寝入りだったのかと疑うレベルの寝起きの良さである。魔力塊《かい》を渡して椅子《いす》に座る。今日も食欲旺盛《おうせい》だ。食べる様子を見守りつつ、そう言えばと思い出したことがあった。

「イルルヤンカシュって呼びにくい。イルとルルとヤンとカシュだとどれがいい？」

そう、まあ確かに謂《いわ》れもある立派《りっぱ》な名前ではあるのだが、いかんせん呼びづらいのである。咄嗟《とっさ》にこの名前が呼べるかと言われるといささか自信がない。

「その中ならイルかなー。なんか昔そんな呼ばれ方してた気がするし、しっくりくる」

むしゃむしゃと魔力を平らげつつも回答は明瞭であった。まあ魔力を咀嚼《そしゃく》するわけでもないしそれはそうか。

「わかった、イルだな。親か何かが呼んでたのかもしれないな」

マナポーションを二本飲む。昨日の急激なレベリングのせいで、手持ちのマナポーションの回復量では追いつかなくなってしまった。しかし、手持ちの薬草と調薬道具では品質Cを安定して作成することすら危《あや》ういわけで。

「イル、私はしばらく読書する。騒がしくしなければ遊んでいいし、暇《ひま》なら寝ててもいいよ」

邪魔しないようにと言い含めて、私は『ニーの街周辺の薬効植物』を読み始めた。白黒だが特徴をよく捉《とら》えた絵がわかりやすい。驚いたのが、薬効は劣るものの代用品として使えるものにイチの街で使っていた薬草類が記載されていたことである。つまり、材料を変えるだけで効力がぐんと上がったポーションなどができる可能性があるのだ。

薬草類の名前も覚えやすくて素晴らしい。草の名前の頭にスーパーと付いているだけという手抜き仕様である。スーパーナオル草ってなんやねん、と思わず突っ込みを入れてしまった。

材料を仕入れてポーションを作ってみるのが先決か。ニーの街の薬草が初心者セットでは扱いきれないようだったら、フェンネル氏を訪ねるべくイチの街仕様のポーションを地道に売り続けるしかない。

図鑑から気になるところをメモ帳に抜粋《ばっすい》し終え、図鑑は最後のページに辿《たど》り着いた。作者の名前が印字《いんじ》されている。『グレッグ・モグリ』。グレッグ先生であった。田舎《いなか》町にいるけれど、実は有名人なのかもしれない。

マントを着てフードをかぶる。イルはすっかり心得ていて、マントを取り上げたら背後に張り付くので互いに手間《てま》がない。

「次のマントを仕立ててもらう頃には、目立たなくなっているといいんだけど」

一パーティに1体くらいの割合で皆、魔物を連れていればイルが浮いていても目立つまいに。そうなれば首辺《あた》りがこそばゆいのを堪《こら》えることもないのだが、気の長い話になりそうである。

「俺らとまず意思疎通《そつう》しないと駄目なんだっけ？　俺もばあちゃんから頼まれてなきゃあんな一生懸命話しかけてないしなー。難しいんじゃね」

イルもそう思うか、私もそんな気がしている。まあいい、行こう。部屋を出ると、香ばしいいい香りが漂っている。腹は膨《ふく》れないのだけどから揚《あ》げ食べたい。

「んはあー。いい匂《にお》いすんなー」

イルまでそんなことを言う。なんだ、魔力しか食えないのではないのか？　聞いてみたが、私と同じである旨《むね》が返ってきた。

「腹は膨れないけど食えるよ、辰砂と一緒。こんないい匂いする食い物なら食いてえなあ」

「そうか。朝食としてなら頼めるかもしれないな、一つやろう」

「1個だけとかケチかよー」

どうでもいいかけ合いをしつつ階段を下りて厨房《ちゅうぼう》の方を見やった。イッテツさんが鍋《なべ》の前に立っていた。側《そば》のバットとボウルに少量ずつ肉が並べられており、どうやら複数のパターンで揚げ分けているらしい。

揚げ物は邪魔するとしくじるので、ちょっと待つことにした。まず間違いなくコンテスト向けの料理だろう、出す客がいないのに朝食を作る意味がない。おいイル、耳元でふんふん匂うんじゃない。音が気になるだろ。

揚げ終わったのを見計《みはか》らい、声をかけた。こちらに気づいていなかったらしく驚いていたが気にせず手元のから揚げ風の物体に話題を持っていく。

「それはコンテスト用の献立《こんだて》ですか？　もしよかったら朝食分も支払いますので少し食べさせてもらえませんか、物凄くいい匂いでお腹《なか》がすいてしまって」

食事は要《い》らないと言った手前、ちゃんとお金を払うアピールくらいはしておかなければね。イッテツさんはなぜか躊躇《ためら》っているようだった。そこに、表を掃《は》いていたのか箒《ほうき》を持った女将《おかみ》さんが戻ってきた。

「あなた、いいじゃないの。家族だけじゃあ、意見も偏《かたよ》るわよ。せっかくいい匂いだって言ってくださってるんだし、ご試食していただきましょう？」

強い援護射撃が入り、イッテツさんは一つ頷《うなず》くと手早く皿に盛りつけてくれた。ああ、なぜ半分に切る。折角《せっかく》の大振りが台無しだし肉汁《にくじゅう》が流れるじゃないか。あー！　ソースなんかかけなくていいのに！　しかも2種類!?　何するんだ！

失礼、取り乱しました。内心の動揺を抑えつつも席に着くと、すぐに運ばれてくる。近くで見ると、から揚げではなく素揚げとフリッターの2種類だった。ナイフとフォークが添えられているが、もう切られているのでフォークで刺して口に運んだ。

うーん。熱々なのはいいけれど、上のデミグラス風ソースは相当邪魔である。なんで揚げ物にデミグラス。そしてもう片方はホワイトソースっぽい。くどい。レモンが欲しい。そして大きい肉に火を通したかったのはわかるが揚げすぎでパサパサである。パッサパサである。

肉自体に下味はなく、したがって素揚げの方はソースの味で食べる物体であった。ソースじゃなくて塩の方がずっと美味《おい》しく食べられる自信があるぞ。フリッターの方はひょっとして塩と砂糖が入っているのか？　衣がふわっとして口当たりは優しい、が、くどさ倍増である。思い描いていたから揚げとのあまりの乖離《かいり》に、一口ずつ以上食べることは難しかった。

「……どう、なんて……聞かなくてもわかるわね……」

多分相当解りやすい顔をしていたのだろう。女将さんが絶望さえ感じさせる青い顔で呟《つぶや》いた。いけると思ったのに、と吐きだすような嘆《なげ》きが聞こえた。ごめんなさい。

「……どこが、気に入らなかった？」

イッテツさんも難しい顔をしているが、こちらはいたって真剣であり、まず間違いなく料理を改善しようとしている。期待してもいいだろうか？

「はっきり言うと、くどいです。ソース自体はとても素晴らしかったのですが、揚げた肉と相性がいいとは思えませんでした。また肉に火が入りすぎて口の水分が失われます。素揚げの方は肉自体に味がないのも辛《つら》いですし、フリッターの方は衣の優しさと大きい肉の存在感が調和していません」

「辰砂ひでぇ……」

イルがぼやいたが、だって仕方ないのだ。この際言うが、本来の私は食い意地が張っているのである。だから初期スキルに【料理】も取ったし、【吸精】の味も気になるのである。腹が膨れないとしても、いや腹が膨れないからこそ美味しいものが食べたいではないか！

「私の故郷にも、肉を揚げる料理があります。不躾《ぶしつけ》なお願いではありますが、私を厨房に立ち入らせていただけませんか？　故郷の料理と比較してみて頂きたいんです。私の言いたいことがきっとわかっていただけると思うのです」

我知らず立ち上がって熱を込めて頼み、頭を下げた。この料理が間違って、失礼、本当に優勝してしまったら類似の料理がどんどん出てきてしまう。どうせ広まるならから揚げがいい。私欲の塊《かたまり》と化した私の背をイッテツさんは見下ろしていたと思う。

「……来な。そこまで言うんならひとつ、やってみてもらおうじゃねえか」

イッテツさんが厳しい顔で告げた。職人の顔だ。ただの食いしん坊ではあるが、から揚げの素晴らしさを伝えてみせると私は決意して、続いて厨房に入った。おっとその前にステータスでスキルを入れ替えておこう、役に立ってくれ【料理】。

「肉はファングラビットだ。安い割に肉汁があってしっとりしてるんでな。調味料類はこっちだ。揚げ油はセサミフロッグ油とキャノンフラワー油が半々ずつ、この袋が小麦粉。卵はガーデンニワトリだ、農場が近くにあるんでな」

手早く材料一式をそろえて説明してくださった。お礼を言って肉を大きめの一口大に切る。これは小さいのより大きいのにかぶりつくのが好きだからという私情による。簡単に塩を振ってひとまずボウルに置いておく。

「放っとくのか？　辛《から》くなっちまうだろうに」

「大丈夫です、そうですね、置くのは20分くらいですから。ハーブか香辛料の類《たぐい》は何がありますか？　あと柑橘類《かんきつるい》」

世界観とそぐわないためなのか、∞世界《無限》には日本の調味料は存在していない。大豆はあるのでそのうち誰かが作るだろうが、とりあえず今はない。胡椒《こしょう》とか香草《こうそう》類で味を決めることになる。

「あんまり使わんからな……胡椒、ナツメグ、ローリエ、生姜《しょうが》にニンニクに、そうだ、裏庭にバジルが植えてある。柑橘類はうちにゃあレモンしかねえよ」

十分過ぎた。しかも、イッテツさんが棚を探しているときに全然違う素敵《すてき》なものも目に入っている。

「イッテツさん、その束ねてある麺《めん》は？」

「スー麺か？　二日酔いの客向けだが、何に使うんだ」

素麺《そうめん》でなくスー麺ときたか。一本齧《かじ》ってみるが完全に素麺である。いいじゃない。少し貰《もら》ってボウルに折り入れて麺棒《めんぼう》で突いて細かくした。イッテツさんの目が丸くなっていて面白《おもしろ》い。

油を温め始めてから肉に【水の宰《つかさ》】を使う。表面の要らない汁《しる》を除去した。キッチンペーパーはさすがにこの世界は存在しなかったのだが魔法って便利である。

表面を触ってべたつかないことを確認。味をつけよう、いつもなら醤油《しょうゆ》ダレに漬《つ》けるがそんなものはないのでニンニクのすりおろし汁単体、生姜のすりおろし汁単体、両方入りと何もなしのグループを作る。それぞれのグループをさらに半分に分け、塩と一緒にもみこんで小麦粉をまぶした。このとき好みで小麦粉に胡椒を混ぜておくと美味しい。私はたっぷり派だ。分けた残り半分は味をつけたら砕《くだ》いたスー麺を押しつけるようにしてくっつける。一緒に揚げるとひっつくので、これは後で揚げよう。

衣をつけたら鍋に投入。混ざるとわからなくなるので、グループごとに揚げていこう。

「お、おい！」

制止の声が聞こえたが、大丈夫です。温度が低いと言うのだろう、わかっています。どうせ肉を入れたら温度は下がるのだ、一度目から目くじらを立てることはない。大事なのは後工程《こうこうてい》である。

たっぷりの油で肉が泳ぐ、温度が低いので出る泡《あわ》の量は穏《おだ》やかである。およそ4分、温度を上げ過ぎないように調整しつつ、音を立てる肉を引き上げる。一旦金網《いったんかなあみ》の上で休ませる。疑いの視線を物凄く感じながら、次を投入。生姜とニンニクは焦《こ》げやすいのでもう少し気を遣いましょう。

それを引き上げたら油の温度を上げる。手をかざしてこんなもんだとあたりをつけたら最初のグループを再度投入する。後ろで息を呑《の》む音がした。もうじきできますよ。二度目の揚げは、きっちり高い温度で短い時間が肝《きも》である。1分足らずで取り出した。油を切ったら皿に盛り、レモンを添えて出来上がり。

「できました。レモンは好みで絞《しぼ》ってくださいね。ええと、あと7種類持ってきますからどうぞ冷めないうちに食べてください」

皿を二人の前に置いたらすぐに鍋の前に戻った。まだ揚げるべきものは沢山《たくさん》あるので。

40話　唐揚げ試食会、それと若人の卵集め

８パターンを揚げ終えて食堂に戻ると、無言のままの二人がいた。結構大量に作ってしまったのだが、皿はどれも空《から》になっているので冷める前に食べてはもらえたようだ。１個ずつ失敬しておいてよかった。ストレージに入れてあるので後でイルと食べよう。

「これが最後ですね、生姜のみとニンニク生姜入りのいがぐり揚げです」

言ってから思ったが、いがぐりって∞世界にもあるのだろうか。まあ、名前は何でもいいか。

机に置くと同時にフォークが刺さる。イッテツさんは非常に険しい顔で１個、それからレモンをかけてもう１個食べた。女将さんの方は１個をナイフを入れて食べている。口に油がつくからだろう。

「……よくわかった。俺は怠惰《たいだ》で愚《おろ》かだった」

最後の１個ずつを半分こしてフードから出てきたイルとこっそり味見。うん旨《うま》いね。でもいがぐり揚げならもっと肉小さくすればよかったか。このあたりの詰めの甘さが私の素人《しろうと》たる由《ゆ》縁《えん》だな。

「揚げるという手法を編み出したことに酔っていた。味のバランスも考えず、火の通りにも注意を払わず、今できる最高の出来だと思っていた」

生姜のみより両方使った方が乱暴なうまさがあるんだが、女性向けにはニンニクは抜いてさっぱりした風味の方がいいのかもしれない。それなら大根おろしがあったらなお美味しいだろう。

「噛《か》んだ時の肉汁の多さときたらどうだ。だが火は通っているし、衣の歯触りも爽快だ。味はとてもシンプルだが、だからこそ肉のうまさが引き立っている。おまけにレモンをかけるだけで、旨味《うまみ》がぎゅっと引き締まる」

「あーん……うんどっちも美味《うま》いわ。辰砂って料理できるんだな。また作ってくれてもいいぞ」

イルもご満悦《まんえつ》のようで何より。持たせると私の服が大変なことになるので、餌付《えづ》け状態である。後でフォークか爪楊枝《つまようじ》を探そう。

「手間をかければいいと思っていた、俺はリンダと同じだった。工夫することを止《や》めていた……」

「あなた……」

イッテツさんが拳《こぶし》を握りすぎて指の形にフォークが歪《ゆが》んでいる。思わず私もフォークを握ってみたがびくともしなかった。この人、戦わせたら結構強いのではないか？　あるいは∞世界の料理人は強さも求められるのかもしれない。俯《うつむ》いた顔から滴《しずく》が一つ落ちた。次の瞬間イッテツさんはこちらを向いた。

「ありがとうよ、あんたのおかげで目が覚めた。手順はとっくり観察させてもらった、わかりやすいようにゆっくり調理してくれたんだろう？　これだけ見せたんだから、後は俺次第《しだい》ってことだろう」

「あ、あなたあぁ！　うぅうっ」

　超解釈が飛び出してきてびっくりである。ゆっくりやったのではなく私の手際は素人だから遅いんですなんて言えない雰囲気《ふんいき》だ。女将さんは感動して泣いているし勘違《かんちが》い度が尋常《じんじょう》ではない。これ以上ここにいるとさらに変な方向に走り出しそうな気がする。逃げるが勝ちだ。

「コンテスト、頑張ってくださいね」

　どうにかそれだけ言って曖昧《あいまい》に笑いながら素早く宿屋から出た。背後がどうなってるかなんて知らない。「きっとお忍びの凄腕《すごうで》料理人に違いない」とか「フードを被《かぶ》っているのは有名だから」とかなんて絶対聞こえてないから！　私欲でから揚げ広めようとした罰《ばち》が当たったのだろうか、恥《は》ずかしすぎる。そうして逃げるように北の森へ急いだのだった。

　北の森、ニノース森の薬草を地道に集める。【識別】がとても役に立つ。何故《なぜ》なら入り混じった薬草類の見た目がそっくりだからだ。葉脈《ようみゃく》の展開がどうとか本にはあったが、見比べても僅《わず》かな差しかない。

　答え合わせを繰り返しつつ、周囲に漂わせた糸に魔物がかかったら拘束《こうそく》。イルが戦いたがったのでそうさせることにした。その高ステータスは伊達《だて》ではなく、尻尾《しっぽ》でぺちんと叩《たた》いただけで魔物は光となって散るのであった。ちなみに迫力は爪《つめ》の先ほども存在しない。

「なー、拘束要らないって。楽勝じゃんか」

「もう少し大人になったらね」

イルのリクエストを一蹴《いっしゅう》して採集を続ける。ふくれっ面《つら》で叩かれる犬と蟷螂《かまきり》には悪いが成仏《じょうぶつ》してくれ。

最初のサイズとは言わないが、せめてその半分くらい大きくなったら捕まることもないだろう。しかしそうなると連れて歩くのが大変そうだな。

イルの将来について考えていると、話す声が聞こえた。イルがマントに素早く潜り込んでくる。こういうところは聞き分けが良くて助かる、良い子である。

「あ、ポーション屋さんだ」

茂みの向こうから現れたのはいつぞや見かけたおかっぱの少女だった。無事にニーの街に来れたらしい。ポニーテールの少女も一緒だった。挨拶《あいさつ》を交わす。後ろの男たちも顔ぶれは変わらずか。シュンがそっぽを向いている。ガキだなあ。

「露店《ろてん》では会いませんでしたね。ポーションは足りていますか?」

「こっちに来ても品薄なのは変わってないですね。あたしたちのレベルだともう回復量が物足らないんですけど、ニーの街はいつも品切れ状態だからイチの街で買い出ししてます」

そうなのか。もうポーション市場は落ち着いているものだと思っていたんだが。一応、前と同じ物なら今持っていることを告げてみると喜ばれた。

「売ってほしいです!　最近プレイヤー間で買い占め禁止のローカルルールができて、一パーティ10本までしか買えないんですよ!」

「モグリ薬品店って一日100本しか在庫がなくて、ズルしたら後でわかっちゃうから抜け駆けもできなくて」

はあ、と二人が並んでため息をついた。しかし、そういえばこのパーティには調薬師がいたような気がするのだが？

「シュンという人が調薬を担当していたのでは？」

聞いてみると後ろの方でシュンの眉毛《まゆげ》が吊《つ》り上がった。地雷《じらい》だったらしい。

「いつまで経《た》ってもカスみたいなのしかできねえからもう止めたよ！　悪いか！」

気まずげな顔をした少女たちが小声で謝ってくれた、今のは私の失言だったので気にしないでほしい。

「悪くなんかないですよ。おかげで今日も宿屋で寝られますから」

「ナチュラルに煽《あお》らないでぇ……」

おかっぱの方が泣きそうだ。すまない、つい。悪ふざけはほどほどにして、ポーションのやり取りする。マナポーションと状態異常薬も買い込んでくれて締めて61800エーンの売り上げである。この間は金がないと言っていたのに、ずいぶん出世したものだ。

「これで熊《くま》周回できるよ！　やった！」

「目指せ卵！」

きゃっきゃとはしゃぐ若者たちは可愛《かわい》いものだ。ところで卵とはカリスマさんが扱いに困っ

「卵を何に使うのですか？」

何故卵なんか欲しがるのか不思議なので聞いてみた。私は熊から卵を得るなんて違和感しか感じないのだが。

「昨日のワールドアナウンス聞いてないですか？　絆システムっていうのが出たんですよ！　従魔とかテイムモンスターみたいな感じだろうって予想されてて！」

「入手方法は解らないけど、レア熊から卵がドロップした情報が掲示板に流れてて。卵から孵《かえ》った魔物がパートナーになるんじゃないかって、今じゃ熊狩りで順番待ちになってるんですよ」

「へえ……」

あの卵がそういう用途だとすれば、むしろ納得がいく。熊の卵じゃなくて魔物の卵ということだ。今度カリスマさんに会った時に聞いてみよう。イルが「入手って、物じゃねーんだけど俺ら」とぶつぶつ言っているのは聞こえないふりで通す。静かにしてなさい。

「知っているでしょうが、蝶々《ちょうちょう》は全滅させるといっぺんに湧《わ》きますから一匹残しておくと楽ですよ。素早く翅《はね》を動かすと鱗粉《りんぷん》が飛び始めますから、動かないように捕まえておいて新しいのを倒すともっと楽です」

儲《もう》けた分くらいは情報を提供しようかと、珍《めずら》しく助言すると若者たちはまた顔を見合わせた。

ていたあれのことだろうか？

知らなかったらしい。

「や、やってみます！　どうもありがとうございました！」

「急げ！」

ばたばたと去っていくパーティを見送って、イルが頭を出す。よく我慢《がまん》しました。

「しつれーな奴《やつ》らだったな。入手とか従魔ってなんだよ、馬鹿《ばか》にしてんのか」

「うん、わかってるよ。多分、彼らがそう思ってる間はパートナーは見つからないんじゃないかな」

ぷりぷり怒るイルの頭を撫《な》でてやる。卵を得て、それが孵ったとしてもパートナーとなれるかどうかは彼ら次第だと思う。イルを見ているとそんな気がする。

41話　専用装備購入

意図せずして装備代金が貯《た》まったので、カリスマさんにメッセージを送ってみる。ログインしていないとフレンド欄《らん》の名前が灰色《はいいろ》で表示されるらしいから、どこかで素材集めでもしているのだろう。

それほど間《ま》をおかずに返信が届いた。今はニノース谷で狐《きつね》を狩っているらしい。夕方には街に戻るそうで、その際神殿で待ち合わせることにした。

「うまー」

イルはおやつタイム中だ。というか、いつまでも機嫌が悪かったのでから揚げで釣っただけである。イルに対して言われたことではないのだから、気にし過ぎても意味がない。

「食べたら手を洗っておいてくれよ、べたべたするから」

「ん、わかった」

わかったのかわかってないのかよくわからないが、もう一個ねだられたので渡してやる。熱々のはずのから揚げを平気で抱えているあたりはやっぱり龍なんだろう。

かなり長時間採集に励《はげ》んでいたのだが、袋をとうとう使い切ってしまったので今日は仕舞《しま》うことにした。だんだん鋏《はさみ》の切れ味が鈍《にぶ》ってきたが、研《と》いだ方がいいのかもしれない。フェンネル氏は研ぎもやってくれるだろうか？

イルがうまいこと水玉を浮かべて手をこすり合わせている。指が2本しかないから簡単そうだ。確か龍は位《くらい》で指の数が違うのだったか。最高位が5本のはずだから、イルはまだまだ下《した》っ端《ぱ》なのだろう。

「なんか今、悪口言っただろ」

「何も言ってないよ？」

恐るべき勘の良さを発揮《はっき》するイルを誤魔化《ごまか》しつつ、街へ戻った。夕方まではまだ時間があるが中途半端である。屋台でライチに似た果物を発見して購入した。立ち食いする人が多いのか屑籠《くずかご》も併設《へいせつ》してあったのでその場で皮を剝《む》いて齧りつく。みずみずしいし良い香りだ。こういうもので腹を膨らませたいものである。

欲張って追加で3籠分購入し、ストレージに仕舞い込んだ。不味《まず》い食事の後の口直しに良さそうだ。果物は結構高いのか、ひと籠1000エーンもした。

時間潰《つぶ》しに屋台を冷かしたり買い食いしたりしているうちに神殿の方まで来てしまった。もう一往復すると忙《せわ》しいかもしれないので、大人しく待っているか。

神殿前の生《い》け垣《がき》に腰かけて、薬草袋を取り出した。先生の教えに従って下処理をする。これくらいまでならどこでもできるので、今のうちにやっておこう。

「やっだ、草いじってるってことは【調薬】スキル持ちじゃない？　だっさ」

「言ってやるなよ、カススキル乙《おつ》とかさあ。確かにだせーけどな。ポーションも買えねえほど貧乏《びんぼう》なんだろ」

袋を交換すること数回、着々とごみ用の袋が膨れてきたころ。そういう会話が聞こえてきた。さっきのシュンの態度といい、【調薬】スキルは良くは取られてないらしい。モグリ薬品店には行列ができるほど皆が世話になっているはずなのにおかしいな。

「はあ、ちょっと感じ悪くない？　シカトしてんじゃねーって感じ」

「ばっか、こっち来たらどうすんだよ。まあ俺が守ってやるけどさ」

ラブラブで結構なことだ。付き合いだして間もないカップルなのか、男がいい格好《かっこう》してみせている。そのあとは楽しげに雑談に移ったのか、声のボリュームも落ちていった。ちょうど5袋目の薬草の処理を終えてストレージを開こうと顔を上げるとカリスマさんが苦い顔をして立っていた。どうしたんだろう。

「……お待たせしちゃったみたい。ごめんなさいね？」

「お気になさらず。こちらこそ呼び出してしまってすみません」

袋を仕舞って立ち上がる。カリスマさんも笑ってくれた。今日はいつも通りのエプロンドレスである。グレードアップしたのか色がピンクになっていた。

「素材は集まりました？」

「ええ、すこぶる好調だったわ。ちょっと変な人もいたけど」

なんでも「ござる！　ござる！」と言いながら崖《がけ》を足だけで上がろうとしては転がり落ちている人がいたそうだ。それはちょっとではなく、とても変な人だと思う。

「ロールプレイする人も結構いるから、あの人はきっと忍者プレイをしてたんだと思うのよね。後ろ手に縛《しば》ってたし、身のこなしの修行か何かだったんでしょうけど」

役を演じる、つまり自分の決めたキャラクターになりきるというプレイスタイル。私とは縁《えん》遠《どお》いものである。

「手を後ろで縛ると、受け身も難しいでしょうね。徹底していますね」

「ええ、顔中鼻血まみれでやってたわ。さて、約束の装備品ね。残りの上着と巻きスカート、手袋で3100０エーンね」

　一つ一つをボディバッグから取り出して広げてくれる。確かにこの間着た一式であることを確認して購入。宿屋に戻ったら着替えるか。

「ああ、そういえば。熊狩りが人気らしいですね」

　卵の話を聞いてみる。人が沢山いるので、あまり直接的には話さない方がいいだろう。

「そうらしいわね。昨日のアナウンスのせいみたいよ。本当かどうかもわからないのにみんな熱心よね、知り合いも必死なくらいだったわ」

　と、いうことは卵に変化はないのか。一日では無理もないかと頷く。確か掲示板には名前が出るらしいから、知り合いなら聞きにも来るか。ちょっとうんざりした様子のカリスマさんにライチを差し出した。お疲れ様です。

「ありがと、あら！　美味しい。アタシも買おうかと思ったんだけど、ちょっと高かったから止めたのよね。やっぱり買いだわ、これ」

　少し元気が出たカリスマさんにクッションの依頼をする。汚れ防止とヘタらない機能だけつけてもらい、材料として熊の毛皮を全部渡したら5000エーンですんだ。

「中綿《なかわた》と縫《ぬ》い賃《ちん》しかかからないもの、こんなものよ。ちょっと大きいから普通のクッションよりはだいぶ高いけどね。この大きさだと作業場借りないといけないから明日になるわ」

　それは構わないけれど、作業場を借りる？　作業場とはなんだろう。尋《たず》ねてみたら驚かれた。

「生産職向けの貸出作業所のことよ、使ったことあるでしょ？　……ないの？　ええ？　ポーションなんて道端で作れないでしょうに、どうやって作ったの？」

「薬品店の設備をお借りしてました」

「まあ……そう、なの」

一般的ではない自覚はあるので、気持ち声を潜《ひそ》めて答える。カリスマさんは変な顔のましばらく絶句していた。しかし良いことを聞いた。宿屋の部屋でやるには手狭《てぜま》だし、匂いの問題もあって躊躇っていたのだ。明日は作業場を借りてポーションの実験に励むことにしよう。

42話　角煮と氷砂糖亭

カリスマさんと別れ、私は『焼き魚と藻塩《もしお》亭』に戻った。宿屋中がから揚げの匂いに満ちている。一体どれだけ揚げたのだろう？　イッテツさんはまた鍋の前に仁王立《におうだ》ちしていたので、女将さんにだけ挨拶してさっと部屋に戻った。

明日の調合のための薬草の下処理を再開する。夜が更《ふ》けるまでには終わるだろう。ゴミ袋にまとめた傷《いた》んだ葉をイルが齧っては苦い顔をしていた。

「うぇ、不味《まず》。辰砂は何でこんな葉っぱ煮たり混ぜたりして人に売ってるんだ？　喜ばれてるのか？」

何故かと聞かれれば第一には金策のためであり、第二には自分用を確保するためなのだが。今までポーションを売った相手が感謝を述べてくれた時の心持ちは悪くなかった。つまらない言葉を投げかける者もいるが、そうでない相手の方が多いのだ。

「んー、色々？　そうだな、喜ばれてるかは知らないけど重宝はされてる、かな」

言葉にすると嘘《うそ》臭くなりそうなので言葉を濁《にご》した。イルはよく解らない顔をしていたが、私にもよく解っていないので許してほしい。

薬草の処理をすべて終えた後。【隠密Ｌｖ.３】を【料理Ｌｖ.４】と入れ替えて、部屋を出た。イルに寝てても構わないと言ったのだが、強硬について来ると言い張ったので一緒である。

今夜は三日月《みかづき》で光量が少ない。悪事を働く人間にはもってこいの夜である。悪事は働かないけれど、こんな暗さは私にとっても都合がいい。糸を空中に渡して屋根から屋根へ浮遊を続け、音もなく降り立ったのは『角煮と氷砂糖亭』の屋根の上である。さて、どこからお邪魔しようか。

人通りを確認していると、いかにも怪《あや》しいですよと言わんばかりに挙動不審《きょどうふしん》の男、ケンドンが歩いてきたのを見つけた。執拗《しつよう》に周囲を見渡し、風が吹けば飛びあがらんばかりである。何にそんなに怯《おび》えているのか。

怯えるケンドンは私の足元、『角煮と氷砂糖亭』の裏口を独特のリズムで８回叩いた。

「ケンドンだ。……ニーウエスト湾に親子の夕日は沈む」

何を言ってるんだと思ったが、次の瞬間、扉が開いた。合い言葉であったらしい。随分気障《ずいぶんきざ》な台詞《せりふ》回しだ、意味を考えるとさらに不快である。ところでこいつはまた、たった一晩で別人のように憔悴《しょうすい》しているな。

屋根裏の換気用の小窓を外して建物内へ滑り込んだ。内側から引っかけるだけの鍵《かぎ》など糸の前ではないのと同じである。【浮遊】のおかげで足跡もつかない、証拠は残らない方がいいので好都合だ。屋根裏の狭いスペースではあるが、幸いなことに梁《はり》と柱があるだけで壁や仕切りの類は存在しなかった。物置としても使っていないようで本当に何もない。おかげで声がする方向にまっすぐ進むことができる。

「――だから、何故――」

「――ごみ――化け物――」

「――話にならー――」

盛り上がっているのか、天井越しなのに声が漏《も》れ聞こえてきている。浮いたまま聞こえる方向へ更《さら》に移動すると、床に四角い穴が設《しつら》えてあるのを発見した。何ぞこれ？　下を覗《のぞ》き込んでみる。暗がりに目が慣れたのかよく見えるようになった視界には、棒が渡されて服が吊るされている様子が映った。これ、クローゼットか。しかしそれがどうして天井裏につながっているのだろう？

「辰砂、梯子《はしご》があるぜ。逃げるか隠れるか用じゃね」

小声で囁《ささや》くイル。本当だ、四角い穴には縄《なわ》の梯子が垂れていた。声はこの穴を通じて聞こえている。ケンドンと推定ガーンコが揉《も》めている風だった音声は、どうにもくぐもって聞き取りづらい。どうにか聞き取れないものか？

しばし考え、糸電話のことを思い出す。集音部分に当たる紙コップはないが、振動を伝えてくれないだろうか。糸を一本、クロゼットの隙間《すきま》から部屋へ侵入させる。音を伝えるなんて曖《あい》昧《まい》なイメージで性質変化は起きるのだろうか。

「――ニーウエスト湾がいいだろうな」

「「！」」

物凄く明瞭に聞こえ始めた会話にこちらが驚いた。予想外の出来に二人してびっくりである。いや、それどころではなくて話を聞かなくては。

「だ、旦那《だんな》……ニマリンに行けってのかい……！　な、なあ、俺、明日からまた嫌がらせ、が、頑張るからよ！　頼む、ニーギャング海賊団《かいぞくだん》なんかにゃ会いたくねえよ」

ケンドンが必死に言い募《つの》っている。そんなにニマリンとやらは行きたくない場所なのか。本屋にまた行ってどこにあるのか調べてみようか。しかも、海賊団？

「お前が仕事を途中で投げ出さなければこんなことにはならなかったのにな。ちょうど渡りをつけていた奴が俺の機嫌を損《そこ》ねて殺《や》られたばかりでな、次を探していたんだ。なに、何人かつけてやろう、これでお前も部下を持つ立派な男になれる」

「だ、だ、旦那ァッ……！」

「明日には出発しろ。急げば2日で戻ってこれる。簡単なことだろう？　──行け。迎えを寄《よ》越《こ》してやる」

ひっ、ひっ、と嗚咽《おえつ》が聞こえ、ケンドンは逃げるように部屋を出て行った。閉められた扉の音と、不快げに鼻を鳴らす音。私は穴に手をかけ、クローゼットに降りると扉の隙間から部屋の中を覗いた。

ガーンコは私の予想よりも遙《はる》かに肥《ふと》っていた。服が悲鳴を上げているようにすら見える体躯《たいく》がソファにのけ反るようにして座っている。違う、腹の肉がつっかえて頭を前に持っていけないのだ。だから半分寝るような姿勢でしかいられないのか。

「馬鹿な男だが、使い走り程、度の……役に、は……」

我《が》の強い男なのか、ケンドンよりかなり抵抗が強い。多分今までで一番念が籠《こ》もっているはずなのだが。睨《にら》み続けること1分弱、ようやっと抵抗が消えた。疲れた。しかしこれほど手こずっても失敗のウインドウが出ないのだから、イルの抵抗力は推《お》して知るべしである。

クローゼットから抜け出して、ガーンコの前に行った。イルには念のため、部屋の入り口あたりで待機してもらい廊下の様子に注意してもらった。

「お名前を伺《うかが》っても？」

「ガーンコだ」

ほう。昨日のケンドンは敬語だったがガーンコは話し方が変わらない。個人差で片付けていいところなのだろうか。

「ガーンコ、さっきケチな小男に出した指令は何だったんだ？」

「ニーギャング海賊団との取引だ」

「あいつにできるようなことなのかな？」

「子供でもできる。金を持って行って商品を持って帰るだけだ」

それにしてはケンドンの声は死刑宣告でもされたような感じだったが。まあ、この男にとっては完全なる捨て駒《ごま》なのだろうから、認識の差があってもおかしくない。

「海賊と取引しているってこと？　それにガーンコは宿屋じゃないか。そんなに必要な物なのかい？」

「宿屋だけが商売じゃない。『夢想香《むそうこう》』にはそれだけの価値がある。一度でも試せばもう二度と手放せなくなるのだから」

「そうか、だから、金貸しもやっていると。そうだ、『焼き魚と藻塩亭』の進捗《しんちょく》はどう？」

「ああ、間抜《まぬ》けが呪《のろ》いがどうとか馬鹿なことを言っていたが問題ない。問題しかない宿屋に泊る客などいない。二日後の武闘会で悪評の払拭《ふっしょく》を狙《ねら》っているようだができるわけがない、ソースを煮詰《につ》めることしか知らんつまらん男に」

武闘会？　料理コンテストの名前にしては物騒である。まあ、それはいい。イッテツさんのことをこき下ろしたのも、今は置いておこう。

「美しい奥方を手に入れるのはもう時間の問題だな？」

「違う、手に入れるのは娘もだ。二人共だ。アレは、娘は絶対に処分する。エイミーを誑《たぶら》かして奪い取った奴《ひと》の罪は許されることはない。血を引く娘も同罪だ、娘の泣き喚《わめ》く様《さま》を早く見たい。イッテツは独りきりでできる限り惨《みじ》めに野垂《のた》れ死ぬように手を回す」

「……。そう。『夢想香』は今、手持ちがある？　それからお前は大事なものはどこに隠しているんだ？　見せてくれないか」

「そこの引き出しに二つ三つある。大事なものは、ここにある。誰も信じられないからな」

ガーンコは、芋虫《いもむし》のような指で服をはだけた。肥っていることを利用して、腹に袋を仕込んでいるとは思わなかった。取りだされたのは書類と、明らかに高価な巨大な宝石、それと素朴《そぼく》な栞《しおり》であった。

書類の束から必要なものを数枚抜き去り、引き出しからブラック系お香の現物を一つ失敬しておく。書類を返すとガーンコは元通りに身なりを整えた。

「よく解った。お前はこれから勝利の予感に酔い痴《し》れる。全《すべ》てが上手《うま》くいくのだと。３分後にお前は普段の生活に戻り、書類の異変には気づかない」

指示を与えながら【吸精】を試したのだが、あまりにあんまりな臭さで少ししか吸えなかった。３日くらい炎天下に放置した生《なま》ごみみたいな恐ろしい臭いだった。飢《う》えて死ぬか不味過ぎて悶死《もんし》するかならば飢えて死のうと一瞬で決断させるほどだった。

用は済んだ、あとは帰るだけである。が──私はクローゼットに戻る前にガーンコを振り返った。あまりにも他の物に比べて栞だけが質素すぎた。どうしても聞かずにいられなかった。

「栞は、エイミーに貰ったのか？」

「ああ。結婚するはずだったのに、あの卑怯《ひきょう》な男に掠《かす》め取られた、だがもうすぐ迎えに行ける」

ガーンコはニタニタし始めた。尋ねたことを後悔し、そそくさとイルを連れて屋根裏から脱出する。酷《ひど》い顔をしていたのか、イルが小さい手で後ろ頭を叩いてきた。

「大丈夫だ。悪いな。なあ、言ったろう？ ついてこない方が良かっただろうが」

大分手慣れてきた屋根移動を繰り返し、北東の区域を目指した。目印《めじるし》は憲兵《けんぺい》本部である。

「いや？ もう向こうに番《つがい》がいるのに、初恋追っかけて、周り中に迷惑かけまくるとか。ダサいし馬鹿だとは思うけど」

うーむ、蛇《へび》サイズでも龍か。子供だから男女の機微《きび》には疎《うと》くてわからないかと思ったのに。

肯定だけ返した。

「番にちょっかい出すなんて誰もやらねーよ。少なくとも龍はそうだぞ。結ばれた絆をほどくなんて絶対できないって解ってる」

それでケンドンが馬鹿だと思ったのか。いや、確かに馬鹿だけど。しかし、こいつえらく大人びたことを言うな。何歳なんだろう。聞いてみるか。

「俺？　封印《ふういん》されてたのが何年か知らねーからわかんね。でも糞爺《くそじじい》に捕まった時は499歳だったぞ！」

糞爺ってイルを封印した魔導師マーリンのことか。なんでも龍は普通500歳前後で成竜になるらしく、もうじきなるはずだったのにあの糞爺、と毒づいていた。封印がどのようにイルに影響したかは知らないが、今も仔水龍のままなので多分499歳なのだろう。こんなちみっちゃいのにある日急に大きくなるのだろうか。

目的の建物に到着。他の建物より明るくされているため、屋根の上は他より暗くなっており、見つかることはないだろう。メモ帳に必要事項を簡単に記載して千切《ちぎ》り、くすねた書類と一緒に折って『夢想香』の小箱に押し込んだ。

開いている窓があったので、イルに様子を見てもらう。高そうな机があるが無人ということだったので糸で『夢想香《てつしゆう》』を入れた袋を机の上まで持っていって配達完了である。今日もよく働いた、とっとと撤収しよう。

「で、飯《めし》は？」

「あんなの食べるくらいなら死ぬ」

というやり取りの後、かなり長い押し問答の末、イルに【吸精】をかける羽目《はめ》になった。決め手はイルの「お前が死んだら俺も死ぬんだろーが」という絆システムのデメリットに対する冷静な指摘《してき》である。

なおイルは何故かライチ味であった。初めて美味しいと思った相手が子供なのがまた歯痒《はがゆ》い。負けた気がしてふて寝した。

43話　初心者調薬セット

瞬《まばた》きほどの間の睡眠を経て起床した。つい夜更《よふ》かししてしまっているが、今日の夕方くらいにはログアウトしないと完徹で仕事に行かねばならなくなる。一時間でも寝ておきたい。

そこはかとなく勝ち誇っているイルに魔力を食べさせて、さっと移動。今日は早起きしたから、厨房は静かである。ただ宿屋にこもったから揚げ臭はそのままなのでそろそろ食傷気味だ。

カリスマさんの教えに従い貸出作業所へ向かう。北区に工房が集まる区画があって、そこにプレイヤー向けの作業場もあるそうだ。音も凄いだろうし、民家の隣に作るわけにもいかないんだろう。

役所にしか見えない建物にお邪魔する。カウンターに受付嬢が立っている。本当に24時間体制なのか。

「おはようございます。施設のご利用ですか？　使用予定のスキルはなんでしょう」

「【調薬】です。時間が余れば【宝飾】と【細工《さいく》】もするかもしれません」

るのか。黒板でなくホワイトボードならまるきり会議室だ。

私の申請《しんせい》を聞くと受付嬢は振り返り、背後の黒板を眺《なが》めた。部屋の使用状況を一覧《いちらん》にしてい
「それでは汎用《はんよう》棟の101号室をお使いください。お水以外の機材は全て持ち込みになりますが、お持ちですか？　大丈夫ですか、ではご案内します。使用時間は入室時点から起算され、1時間ごとに100エーン頂いております」

他にも、ゴミは各自で始末することや備え付けの掃除道具で綺麗《きれい》にしてから退室することなど注意事項を幾《いく》つか聞いて101号室に通された。

「お水は各部屋に引いてございます。が、何分井戸が水源ですので、無駄遣いのないようご注意ください」

見れば細い水管が通っており、バルブがあった。これを開けて水が使えるというわけだ。案外近代的である。水受けのバケツと排水溝もあって寧《むし》ろ違和感を感じる。

「不思議そうですね。その水道、来訪者さんが考案なさったんですよ。あんまり使い勝手が悪いからって。最初は井戸から各自汲《く》んで頂くよう案内してたんです。『水道設備業の性《さが》だから』と仰《おっしゃ》って、3日前に工事していってくれました」

それはまた難儀《なんぎ》な性のプレイヤーもいたものである。まさか∞世界の水道インフラを整えるためにゲームを始めたわけでもあるまいに、気になって仕方なかったのだろうか。

ごゆっくり、と扉を閉められる。個室で助かった。普段の調薬は明らかに設備に助けられて

いる面がある以上、今日は更に細心の注意を払うしかない。集中しなければ。

調薬セットを取り出し、残念なことにすり鉢《ばち》を手にする。もうこの時点でフェンネル氏のところに行きたくなった、薬研《やげん》が欲しい。ひとまず、イチの街仕様のポーション作成に取りかかることとした。作り慣れたポーションでどの品質まで作れるかが一つの目安である。

しばらくして、出来上がったポーションは、品質Dであった。一度に作れるポーションの量は6本が精一杯《せいいっぱい》。今のは、投入する時間が早かったと思う。一つも間違わなければどうにか品質Cには届くということか。

マナポーションの時には品質Cができたので、推察《すいさつ》は間違っていなさそうだ。それではいよいよニーの街仕様のポーション作成に手をつけよう。スーパーナオル草を摑んだ。

しばらくして、私は出来上がった薬品を睨みつけていた。初の品質Eである。

『スーパーポーション　品質E　服用することで、またかけることでHPを３００回復する。再使用制限時間5秒。(保存期間残り：2カ月29日23時間59分)』

全体的に葉っぱが硬《かた》く、扱いづらいというのが感想だ。砕きにくく刻みにくい。しかも鍋から目を離せない。にわかに沸きたつのである。多分味噌汁《みそしる》を温めた時なんかに起こる、突沸《とっぷつ》という現象だ。スーパーヨクナル草の方が比重が重く水に溶けにくいということだろう。これは混ぜればいいが、初心者セット改め素人セットには混ぜ棒が存在しないのである。ふざけている。

他にも灰汁《あく》すくいに使えそうな匙《さじ》なりお玉なりもないし、濾《こ》し網《あみ》の目は妙に荒いし濾紙《ろし》は付いてないし瓶《びん》に注ぐための漏斗《ろうと》もないし取り分けのための皿でもボウルでもいいけどないし。あれば便利な物もなければ、ないと品質が落ちる物もない。ついでに言えば瓶立ても欲しい。

「いろいろなさ過ぎる……」

グレッグ先生の紹介状は全く有り難い申し出だったのだ。我慢できなくなる時が来ると仰《おつしや》っていましたね、先生。我慢の利《き》かぬ弟子《でし》は最初の作業で音《ね》を上げました。

一日作業場を片付けた。フェンネルさんのところに行こう。お金が足りなかったら非効率だがしばらくは素人セットで頑張るしかないが、気に入らない道具で作るのは相当なストレスだ。

さて、掃除は済ませたが臭いが気になる、窓がはめ殺しになっているので壁に設置された換気《かんき》孔《こう》に期待しよう。

44話 フェンネル氏の工房

「お！　終わったのか」

イルは作業室の隅《すみ》で、空中での身のこなしの練習をしていた。【空中移動】は慣性を殺すことに優《すぐ》れていて、その気になったら空中で急に止まることができるのだ。今までの龍生《りゆうせい》でこれほど小さかったことはなく、今は敵が皆大きいので勝手が違うそうだ。「あんな雑魚《ざこ》どもの口に収まるなんて許せねーからな！　俺が収めるほうがまだマシだろ」と強く主張していた。

「終わってはないけど、道具が詐欺《さぎ》レベルでしょぼいからちゃんとしたやつを作ってもらいに行く」

「ふーん？　まあ、携帯用なんだろそれ？　ちゃちなのも無理ねえよ」

そうだよなあ、と今更《いまさら》思い至《いた》った自分にがっかりしつつ利用料を支払った。太陽は高く上がり、猶予《ゆうよ》時間はあまり残されていない。フェンネル氏の工房が同じ区画に在《あ》ってよかった。グレッグ先生の紹介状の裏に書かれた簡単な地図に従い、歩を進める。

「こんにちは、グレッグ先生の紹介で参りました、辰砂と申します」

フェンネル氏の工房を発見し、戸を叩いて名乗りを上げた。石造《いしづく》りの武骨《ぶこつ》な工房はいかにも職人が住んでいそうだ。ややあって戸が開いた。

「出鱈目《でたらめ》を言うな。あいつはそうそう紹介なんかしない。……紹介状？　あいつが？　……ほう。愛弟子《まなでし》、とはな。わかった、話を聞こう」

すっと扉が開いて、私たちは招き入れられた。フェンネル氏はもう一度紹介状を見直しているようだ。

「何度見ても本物だな。あいつの弟子ということは、精巧な調薬道具が欲しいんだろう？　ギルドの子供だましじゃ、碌《ろく》な物が作れないからな」

話す手間が省《はぶ》けて何よりである。

「ただな。調薬道具は木工から鍛冶《かじ》にガラス工まで多岐《たき》にわたるスキルが必要でな。スキルを持ってない者は持っている者の工房に依頼をかけて必要部品を作ってもらうことになる、つまり、割高になるわけだ」

フェンネル氏は顎《あご》を指で数度叩いた。計算中か。それからこちらを商売人の顔で見た。

「初心者セットと同じ内容できちんとした物なら5000エーンだな。だがグレッグが欲しがった物を全部セットにするなら30000エーンだ。アイテム数が違い過ぎるからな。これは値引きしない。注文がありゃ、明日には渡せる」

「鍋のサイズはいかほどです？　希望としては50本分程度一度に作れた方がいいのですが」

「サイズまで揃《そろ》えたいのか？　携帯性は無視か、さすが来訪者だ。だが50本でいいんならグレッグと同じサイズにすることはない。あんたの肩幅の鍋で充分だ、他のも大きくするとなると64000エーンだ、納期も延《の》びるが」

「それでいいならそうしてください。それと先生はすり鉢をお好みですが私は薬研がいいです」

「ああ、薬研か。あれ作るなら石工にも声かける必要があるな。そうだな……すり鉢代を引いて薬研代加算、70000エーンになるか」

恐るべき高額に跳《は》ねあがった。今日は地道にポーションを作り続けて金策に走ろう。製作期間は4日程。ということは、明日のログインできる時間帯には出来上がっている、か。要らない掌を売り飛ばし、できるだけのポーション類を作って全部売れれば間に合うな。

「では、お願いします。お金を持参してまた伺《うかが》います」

商談をまとめて、とりあえずガラス棒と濾紙だけ購入した。4日後にはサイズの都合上使えなくなるものだが、今要る物なので仕方ない。作業場にとんぼ返りして、もう一度汎用棟101号室を借りた。

無心になってすりこぎを動かし葉を粉末《ふんまつ》にしていく。手持ち全てを粉末にし、こまぎれにし、混合チップへ加工した。後は鍋のサイズに合わせて正しい分量で調合するだけだ。

昼近くになって、やっと全てのポーションとマナポーションが完成した。はあ、疲れた。何度もタイミングを見計らうのはしんどい。使用料を払って作業場から宿屋へ帰る。

「私はまた4～5日寝るから。水晶の魔力が半端になってるから、一度全部食べてくれるか」

イルの保存食、クラスター水晶の耐久値がいつの間にか減っている。つまみ食いでもしたのだろう。あっという間に水晶から青みが消えうせたのを確認し、再度魔力付加《エンチャント》（水）で、今残っているMPを全部注ぎ込んだ。

「途中でなくならないように、残量を考えながら食べなさい。暇だろうから本を置いておこう」

「本とか興味ねえけどなあ。まあいいや、それとなんか遊べそうな物出してくれよ」

遊ぶものねえ。ストレージからあれこれ取り出してみた。すっかり忘れていたが【細工】用の木片《もくへん》と細紐《ほそひも》、蟷螂《かまきり》が落とした鎌《かま》、蟻《あり》の落とした甲殻《こうかく》と触覚《しょっかく》、馬の落とした革《かわ》紐に犬の落とした尻尾型のふかふか。中に尻尾本体がないので、本当はどこの部分かわからないのだ。

他にもドロップ品はあるが、生《なま》ものやただの毛皮や芋虫の抜け殻《がら》は要らないと断られた。まあ肉が要ると言われても腐ると嫌なので渡さないが。

とりあえずふかふか尻尾を振りまわしてみているイルに、物を壊さないようにと追加で注意してログアウトするべくベッドに移動。

「おいコラちょっと待て。飯は」

「まだ夕方だから腹空《す》いてない」

「寝てる間に死んだら俺が困るの！」

今日も良いライチ味だった。ログアウト中に死ぬとは思えないが、万一目覚めたら神殿だったら寝覚めが悪過ぎるため、今日もイルが犠牲《ぎせい》になった。しかし、心なし嬉《うれ》しそうに見えるのは気のせいなのか。よし、寝よう。

45話　掲示板5

【最強は】第1回武闘会優勝者予想スレ8【誰だ】

1.マディソン

ここはニーの街で行われる武闘会の優勝者を予想するスレです。みんな思い思いの意見を上げてくれ！
次スレは>>920にお願いします、進行が早過ぎるためｗ

過去スレはこちら
【最強は】第1回武闘会優勝者予想スレ1【誰だ】
【最強は】第1回武闘会優勝者予想スレ2【誰だ】
【最強は】第1回武闘会優勝者予想スレ3【誰だ】
【最強は】第1回武闘会優勝者予想スレ4【誰だ】
【最強は】第1回武闘会優勝者予想スレ5【誰だ】
【最強は】第1回武闘会優勝者予想スレ6【誰だ】
【最強は】第1回武闘会優勝者予想スレ7【誰だ】

――――略――――

222．マディソン
いよいよ∞世界内では今日か……それにしても運営は廃人《はいじん》にしかこのイベント参加させるつもりないだろｗ　誰が平日の朝8時から開始しろとｗ

223．設備業系あんちゃん
なんつーか媚《こ》びない運営だよな
繁忙期《はんぼうき》じゃなくて良かったと言うほかない
公式サイトに特設ページが設置されてたから、いい感じの戦闘シーンとか広告に使うつもりなんじゃないか？

224．メモリアル☆
あー楽しみだよー
先に個人戦だっけ？
あたし出るから応援ヨロ！

225．Review
まーパーティ戦の方が派手《はで》だしなあ。
個人戦ったって始まって何日とかの段階じゃ大したことねえだろ
β《ベータ》のグレンとか天使兄弟とかくらいじゃね？

226．ゆんゆん
天使兄弟はパーティ戦でしょ
ご自慢の明星クランで出てくるって
個人戦だったら有明《ありあけ》氏とかじゃない？
あと、もういないのかもだけどバニーちゃんさんとか

227．わかば
バニーちゃんさんってどこのクラン？　って言うかちゃんなのさんなのw

228．Review
正式版からの人？　β時代の有名人よ
華奢《きゃしゃ》でイケメンなのに無闇《むやみ》に強い（物理）バニーちゃんさん
でかハンマーとウサ耳のカチューシャがトレードマークだった
まああまりにもβ版と違い過ぎて止めてるβテスターも結構いるしなあ
バニーちゃんさんはやめた方の人じゃね？

229．了介《りょうすけ》

そうか？　意外といそうなんだけどなあの人
おっ1回戦始まりましたって忍者出てきたｗ

230．　マディソン
マジだｗ
わざわざ忍者服作ったんかｗｗ
そして強いｗ

231．　ビール
おい、お前ら
これを見やがれ
（ＳＳ《スクリーンショット》［から揚げが串に通されたもの］）

232．　設備業系あんちゃん
ガタッ

233．　Ｒｅｖｉｅｗ

なん……だと……
234．パッシブスキル愛
から　あ　げ　棒　じゃねえか!!
235．ビール
なんかＮＰＣ《ノンプレイヤーキャラクター》が武闘会会場の外で別の屋台イベントやってるらしい。並んだ屋台の売上競ってるらしいわ
そしてその中にこいつが売ってたわけよ……
洋風の料理の中、異彩《いさい》際立つから揚げがな！
236．メモリアル☆
えっちょっと待ってよ
控室《ひかえしつ》から出られないんですけど？
から揚げ食べたいんですけど（必死
237．ゆんゆん
お前は諦《あきら》めろｗ

大丈夫だ、俺たちがお前の分まで食ってやるよｗ

238．ビール
ちな武闘会が終わると同時にこっちも終わるらしい
個人戦だけ出場か、とっとと負けたら食えるな（ゲス顔
醤油味じゃないけどにんにく生姜味と生姜味が売ってた、両方胡椒効《き》いてる、うめぇｗ
言わなくてもレモン付けてくれるよｗ

239．わかば
美味そう……駄目だ、試合に集中できない
ちょっと買ってくる！
戻ってきてから見るわ

240．メモリアル☆
うわあああああああああ
あたしのも買っといてええええええ

――続く――

46話　ステ振り、スキルチェック

時間計算を間違え、結局仮眠が取れずに物凄く眠たい一日を何とかこなした私は早々に帰宅し、ログイン前に仮眠を取った。生体反応が異常を起こすと強制ログアウトさせられてしまうのだ。作業途中でそんなことになっては堪《たま》らない。

気楽な一人暮らしであるので、この際家事は効率化することとした。数日分のカレーとサラダも作成したし炊飯器《すいはんき》の限界に挑戦して冷凍庫には飯がうなっている。数日で飽《あ》きるだろうから、冷凍うどんを使ってカレーうどんにしてもいい。

∞世界はゲームであるはずなのだが、あまりに人間味に溢《あふ》れている。つい彼らの事情に付き合って夜更かしする程度には、私は感情移入をしてしまっている。スキルに【冷淡】とやらがあるはずなのにおかしなことだ。

一人で少し笑い、ログインした。起きて最初に目に入ったのは投網《とあみ》である。ヘイヘーイとか言いながらイルがノリノリで謎の物体に投網を投げつけて遊んでいる。

「……おはよう」

「おっ、起きたのか！　ちょうど魔力も食いつくしたところだ、ちょうど良かったぞ」

イルが謎の物体に絡んだ投網を外したので、魔力塊を渡す。ついでに投網を見せてもらった。網目《あみめ》の結び方なんてよく知っていたものだと感心したが、そう言えば編み方の本を置いといたんだったと思い出した。あれを参考にしたのか。

「良い出来じゃないか。ちょっと小さいから戦闘には使いづらいかもしれんが」

「暇すぎてすっげー頑張ったからな！　でもなー、闘うったって今の敵だと叩いたら終わるからなあ。大きくなっても網使うのかな俺……？」

考え込んだイルは置いておいて、今度は投網の犠牲になった謎の物体を見てみる。木片に紐を巻きつけ、頭には20㎝ほどの蟻の触覚が3本放射状に差し込んである。全体のフォルムは馬っぽい。多分尻《しり》からふかふか尻尾を生やしてあり、何故か肩辺りから鎌が両サイドに広がっている。硬い物の固定に革紐が使ってある辺り工夫が窺《うかが》える。

イルの初めてのアートである、壊すには忍びないか。まあ要らない物の塊でもあるし、このままにしておこう。それはそうとして、メモ帳を見直す。ぺらぺらめくって、スキルの説明欄に目が留まった。レベルが上がると使える魔法が増えていることがあるので、たびたび確認することとある。クレマチスさんの有り難い教えに従いステータスを広げた。

辰砂　Ｌv.38　ニュンペー
職業：冒険者、調薬師

HP：690
MP：2060
Str：400
Vit：200
Agi：400
Mnd：555
Int：555
Dex：530
Luk：230

先天スキル：【魅了Lv.9】【吸精Lv.8】【馨《かおり》】【浮遊】【空中移動Lv.6】【緑の手Lv.2】
【水の宰Lv.2】【死の友人】【環境無効】
後天スキル：【魔糸Lv.4】【調薬Lv.20】【識別Lv.17】【採取Lv.28】【採掘Lv.19】【蹴《しゅう》
脚《きゃく》術Lv.4】【魔力察知Lv.6】【魔力運用Lv.9】【魔力精密操作Lv.14】【隠密《おんみつ》Lv.9】
サブスキル：【誠実】【創意工夫】【罠《わな》Lv.13】【漁Lv.2】【魔手芸Lv.6】【調薬師の心得《こころえ》】
【冷淡Lv.4】【話術Lv.5】【不退転《ふたいてん》】【空間魔法Lv.6】【付加魔法Lv.11】【細工Lv.2】
【龍語Lv.5】【暗殺Lv.2】【宝飾Lv.5】【料理Lv.4】【夜目《よめ》Lv.1】

ステータスポイント：0
スキルポイント：17
称号：【最初のニュンペー】【水精の友】【仔水龍の保護者】【熊薬師《くまやくし》の愛弟子】【絆導きし者】

イルルヤンカシュ　Lv.15　仔水龍
HP：6200
MP：3800
Str：10000
Vit：10000
Agi：300
Mnd：500
Int：500
Dex：300
Luk：100
スキル：【水魔法Lv.8】【治療魔法Lv.4】【浮遊】【空中移動Lv.4】【強靭《きょうじん》】【短気】【環境低減】【手芸Lv.4】【アヴァンギャルド】

スキルポイント：13
称号：【災龍】【水精の友】【天邪鬼】【絆導きし者】

おや？　イルに新しいスキルが生えている。パートナーも行動次第でスキルが生えることがあるのか？　しかしアヴァンギャルドってこの謎の物体のせいだろうか？　前衛《ぜんえい》美術……まあ、うーん、そうとも言えるか？　悩ましい。

「あ、俺スキル1個取ったから、【手芸】な！　あれ？　何だ【アヴァンギャルド】って？」

ステータスを見ているのに気づいたのか、イルから申告があった。取ったってどうやって取ったんだ？　聞いてみると、パートナーになってから自分のステータスを見ることができるようになっていたらしい。スキルも同様で、今取得できるスキルから自分で選んだそうだ。

「辰砂がいつも上手いこと作るから俺もやってみようと思ってさ。でも【アヴァンギャルド】は知らねーんだけどな？」

首を傾《かし》げるイルとその後ろに見えるアヴァンギャルド系作品を見やり、私は曖昧に笑った。

そっとしておこう。今すべきは私の魔法系スキルの確認である。順に見て行くが、私の持っているスキルはあまり技らしきものがない。先天スキルには一つもないし、後天スキルにもなかった。

サブスキル群をチェック。【罠】の中にトラバサミ・落とし穴・誘魔灯《ゆうまとう》作成というのがあった。まあそのままの効果で、トラバサミは3個まで併設可能。落とし穴は直径1m程。誘魔灯は、光が届く範囲の魔物が寄ってくるそうだ。

【空間魔法】はストレージ以外にディメンションというのが増えていた。面積がどうしたのかと思ったら、次元の方だった。次元の裂け目を作って攻撃するということらしい。後は何もなかったので、ステータスを閉じて立ち上がった。

47話　から揚げがもたらしたものと不審なお偉方

とりあえず金策に走ろうと部屋を出ると、ちょうど女将《おかみ》さんが部屋の前にいた。危うくぶつかるところだったので謝ると、女将さんは泣きだした。謝ったのに泣かなくても、どうしよう。

「あ、あなたのお、かげでっ……おっ、おかげでっ、ううぅっ」

私がどうしたのだ？　ここ数日は寝っぱなしだったのに何がどうしたというのだ。

「本当にありがとう。あなたのおかげで俺たちはここを離れずに済んだ」

泣き過ぎて何を言っているのかわからない女将さんに糸製ハンカチを3枚渡してとにかく食堂まで降り、なんとか宥《なだ》めようと頑張っていたところでイッテツさんがそう言って現れた。いや、お礼より先に女将さんを泣きやませて……ん？

「私は何もしていませんが？」

　女将さんも私がどうとか言っていた。それがイッテツさんと同じことであれば、やはり私が何をしたのかわからなかった。せいぜいから揚げを布教したくらいだ。

「あなたが示唆《しさ》してくれた揚げ物の可能性を、俺は必死に追求した。そして、屋台販売という勝負に向けて食べやすさを考え、棒に刺した。いかに素早く仕上げるかを考えて残念だが小さめにした。レモンだけは譲《ゆず》ることができなかったが、かけない味も楽しんでほしかったから一緒に刺して渡した。そうしたら、どうだ。『焼き魚と藻塩亭』が優勝した」

　おお。普段の無口ぶりはどこへいったのかという熱弁によればこの宿屋が優勝したということらしい。から揚げはどうやらこの街で受け入れられそうである。

「あの日の売り上げだけで８０００００エーンを超えた。これでもう大丈夫だと、リンダもギルドを辞めて屋台をやっているんだ。元々あの子はうちの手伝いをしていてくれたからな……よかったら、後で行ってみてやってくれ。会いたがっていたから」

「私は何もしていませんよ。イッテツさんが努力した結果が出ただけではありませんか。リンダさんには後で挨拶しに行きますね」

　このままいれば長くなりそうだ。話が切れそうなところで素早く否定してそそくさと宿屋から逃げ出した。だって自分のためにから揚げを教えただけなんだもの……大袈裟《おおげさ》に受け止められ過ぎて動揺する。リンダさんのところに行ってみるか、何となく嫌な予感もするのだが。

「ううううう！　ぅありがっ、ぁりっ、がとっぅぅううう」

予感は正しかった。リンダさんはイッテツさんにも女将さんにも似ているらしい。屋台の行列はさばきつつもボロボロ泣いている。油に水が落ちると危ないので早く泣きやんでほしい。とりあえず【水の宰】で涙を鍋の上から避難させておこうか。

「リンダさん、これをとりあえず使って、そして落ち着いてください。来たタイミングが悪かったですね。また夜お会いしましょう」

親子だなあと感心しつつ、ハンカチを作って渡した。行列から注がれる視線も痛いことだしとにかくさっさと離れたい。夜に宿屋でとほのめかしてその場を離れた。

「誰だあいつ？　リンダちゃん泣かしやがって」

泣かしたんじゃない、泣いたの。行列の声など聞こえないふりをしつつ冒険者ギルドへ移動した。しかしあの行列、プレイヤーだらけだったな。ゲームの中でも普段の食べ物が食べられるのが嬉しいのだろうか。あるいはリンダ狙いかもしれない。

ギルドの近くまで来ると、憲兵の数が増えてきていることに気がついた。物々しい雰囲気で、とある建物の周りで動いている。荷物を運び出しているのを見つけた。適当に声をかけてみる。

「こんにちは。どうされたのですか？」

「ん？　駄目だ、捜査中だから教えることはできん！　さあどいたどいた！」

そう、捜査中であることがわかればいいのです。失礼しましたと告げて、さあギルドに行こうか――

「おお、大事な捜査中だとも！　膿《うみ》の塊を絞り出すんだからな」

いきなり声をかけた憲兵と違う大声が割り込んできて面食《めんく》らう。見れば、明らかに位の高そうな服を着ているが頭はもふぁもふぁで帽子もどこかにやったような男が立っていた。その側には腹黒そうな細面《ほそおもて》の男が控《ひか》えている。

「おい誰が止まっていいって？　忙しいんだ、とっとと運べ！」

「は、はっ！　失礼いたしました！」

荷物を抱えた下っ端憲兵が慌《あわ》てて走り去り、私は去るタイミングを失ったまま彼らと相対《あいたい》した。私が諦めたライオンの鬣《たてがみ》風の髪質を少し短くしたような大柄な男だ。細面の方は白っぽい金髪を長く伸ばして緩《ゆる》くまとめ、冷たそうな雰囲気である。

「なあ！　この建物にはどれだけの膿が詰まっていたか！　どれほど探しても見つからなかった証拠の塊が、向こうから転がりこんできたなんて信じられるか？」

大柄な方が大袈裟に手を広げた。こいつらは私に用事があったのか。しかし何故私がやったことがわかったのか？

「何のことでしょう？　この建物には何か悪い物があったのですか」

知らないふりをしてみた。かまをかけられているだけの可能性だってあるのだ、無意味に情報を提供することはない。

「あぁ、それはそれは高純度の悪がな。人を駄目にする悪、人を泥沼《どろぬま》に引きずり込む悪、表現しきれないほどの悪がこの派手な建物には詰まってたのさ」

「そうなんですね。それではこの街はこれからもっと素敵《すてき》なところになるのでしょう。急ぎますので失礼しますね」

心当たりがとてもある話だが、ここまで来たらシラを切り通す。適当に挨拶して踵《きびす》を返した。

「――糸は、無防備なままでは魔力に聡《さと》い者には痕跡《こんせき》を悟られますよ。それが聡いだけでなく優秀な者ならば、本人に会えば間違いなく特定されます。覚えておくといいでしょう」

背後から聞こえた多分腹黒の声に一瞬足を止めた。そんな落とし穴があったとは、糸も素晴らしいだけの武器ではなかったか。

「そうなんですね。いいことを聞きました、覚えておきます」

敗北感を感じつつもギルドに向かう。意地でも振り向くものか。あの二人が憲兵のかなり上の方の奴らだとして、向こうもはっきりさせない方がメリットがあるということだ。となれば、私に残されたできるだけ賢《かしこ》い振る舞いは何も知らない振りを続けることだけである。

「……あいつらずーっと辰砂見てるぞ？　でかい方がにやにやしてる……キモ」

ちらっとフードをめくって後ろを見たイルが要らん報告をくれた。変なのに目をつけられたなあ。この街は便利だが、移動した方がいいかもしれない。

48話　ウールちゃん

随分寄り道をしたが、やっと冒険者ギルドで露店マットを借りることができた。露店を出せる区域に移動しながらカリスマさんにメッセージを送ってみる。この人はいつもログインしているな、いわゆる廃人というやつなのかもしれない。

カリスマさんももう露店を出しているらしい。またお隣に出店する許可をもらい足早に神殿前へ。どこの街でも復活地点の周辺が露店スペースになっているのだろうか。

「おはよう。早かったわね、ああ、素敵よ。やっぱり似合うわ」

そう言えば、装備を着たところはまだ一度も見せていないのだった。お礼を述べてマントを少し緩《ゆる》めてみせた。いいわね、と嬉しげに笑うカリスマさんに聞きたいことがあるのだが。その膝《ひざ》の上の毛玉は何ですか？

「あ、この子？　プロダクトシープのウールちゃんよ、ほらウールちゃん、ご挨拶して頂戴《ちょうだい》な」

カリスマさんが声をかけると、毛玉が身動《みじろ》ぎした。黒い顔が向こうから現れ、ちらっとこちらを見る。二秒ほど目が合ったが、元通りの毛玉に戻ってしまった。

「感じわりーな」

イル、ちょっと静かにしなさい。

「ええとカリスマさん、この子が例の？」

「そうなのよ。平布と革の加工ばっかりしててね、ウール欲しいなって思いながらお裁縫《さいほう》してたら急に孵《かえ》ったの。びっくりしたわよ、急に鞄《かばん》から出てきて光るんだもの」

それは誰でも驚くだろう。妙な演出である。ところでもうパートナーなのだろうか？

「ええ、今はパートナーになってるみたい。孵った二日後くらいかしら？　ウールちゃんのウールを敷きマットにしてあげたらなったわ」

なんでも、いわゆる生地《きじ》としてのウールを生み出す能力が備わっているそうで。生地の大きさが服には足らなかったので、本人が喜ぶかもと作ったらウインドウが出現したらしい。

「最初使ってくれなかったんだけど、アタシが寝た振りして見てたらいそいそ乗ってくれちゃって。もう可愛いったらないのよ～」

大きな掌でよしよしと撫でられるウールちゃん。満更《まんざら》でもなさそうである。しかし、こうして教えてもらった以上、私だけが隠し続けるのは不公平か。カリスマさんは私が最も信頼するプレイヤーだし、潮時《しおどき》だろう。

「カリスマさん。私もパートナーがいるんです。イル、ちょっとだけ出てきてくれるか」

頼むと、仕方なさそうにイルがフードの陰《かげ》から顔を覗かせた。どうも最初の頃のグレッグ先生の奥様がトラウマになっているな。人目に触れるのを嫌がるのは多分撫でくり回されたせいだろう。

「まあ可愛い。蛇かしら、イルちゃんね？　よろしくねぇ」

「蛇じゃねーし！　水龍だし！　蛇なんぞと間違ってんじゃねーよ！」

「まあジャージャー言ってる、可愛いわあ」

噛み合わない会話の要らんところを省いて種族だけをカリスマさんに伝えた。カリスマさんは驚いた様子だったが、周囲をちらりと窺うと声のトーンを落としてくれる。

「もしかして、お姫様が絆システム開放したのかしら？　水龍って、随分先の魔物のはずよ……イベントか何かで出会ったの？」

「イベントかどうか知りませんが、どこかの粗忽者《そこつもの》がイルの封印を解いてしまって闘う羽目になり、紆余曲折《うよきよくせつ》ありましてパートナーになりました。絆システムはその際開放されたみたいです」

簡単に伝えると、カリスマさんは面白そうだと目を輝かせたが、すぐに物憂《ものう》げな顔になった。

「運命的ね！　教えてくれてありがとう。でも、イルちゃんは今まで通り隠れていた方がいいかもしれないわ。聞いた話じゃ、卵はドロップするらしいんだけど……いくら持って歩いても孵らないんですって。アタシもどうやって孵したのかって大分質問攻めに遭《あ》ってるから、別ルートがあるって解ったらお姫様のところにも人が集まると思うわ」

物凄く嫌な話を聞いた。イルも震えて一瞬で引っ込む。こちらも相当嫌らしい。カリスマさんに丁寧《ていねい》にお礼を言って、露店を広げた。今日は露店にポーションと熊の掌を並べてみた。誰か欲しい人に交渉《こうしょう》で売ることにしよう。

「あ、ポーション屋さんだぁ！　おはようございます」

この子たちは私がポーションを持っているとやって来るな。またシュンを含むパーティのお出ましである。今日は女の子二人が羊目当《ひつじ》てにカリスマさんの方へ行ってしまったので、男3人がこちらにいる状態だ。華《はな》がない。

「あー、ポーションください」

「はい。いかほどご入り用ですか？」

普段喋《しゃべ》ることのない少年の片割れが物慣れない様子で注文する内容を計算した。どうやらこのパーティも卵集めは終わったらしい、状態異常薬の注文はなくなっていた。

「品質Cのポーションとマナポーションが各60本で、６１２００エーンです。卵は集まりましたか？」

お金を受け取りながら聞いてみた。赤毛――本当に赤い髪だ――の少年は頭を掻《か》いて苦笑いしている。

「や、どうも一パーティで一回一個しか出ないらしくて。しかも一回ドロップ判定が出たあとは、パーティを移動しても判定が有効なままらしくて絶対出ないって話で。マリエ以外は他の入手経路探さないといけないんですよ」

マリエ、とはおかっぱの方の子の名前だったか。ドロップしたのが彼女だったのか。

「……スーパーポーションは置かねえのかよ」

女子たちの集《つど》いが終わるのを雑談しながら待っていると、シュンが話しかけてきた。物凄く嫌そうな顔である。そんなに嫌なら仲間に伝えてもらえばいいのに、逃げるのも気に喰《く》わないのだろう。ガキだなあ。

「私の力量では売れるようなものが作成できないのです。修行中ですよ。安定して作れるようになったら置こうと思っています」

返事はフンだけだった。全くガキである。嫌いでもきちんと応対する私を見習うが良い。

49話　サチオくんの恋

残念ながら少年少女パーティの後は売り上げは芳《かんば》しくなかった。どうもプレイヤーが作るポーション＝役に立たない、という図式が浸透しているようだ。商品の詳細《しょうさい》すら確認してもらえない。心ない言葉も数回飛んできているが、まあこれは気にすることもない。

手持ち無沙汰《ぶさた》なのでブレスレットも並べ、ついでに【隠密】と【宝飾】を入れ替えてまたブレスレット作りに励んでいると、小動物っぽい動きの可愛い女の子が露店の前で立ちどまった。そしてそれに合わせて後ろにいた男集団も止まった。何やらむさ苦しい。

「わあ、可愛い！　クォーツだぁ」

ブレスレット類に触ろうとして弾《はじ》かれ、露店の商品は触れないことを思い出したらしい。てへっ、と本当に言う人を初めて見た。

「ねえ、おね……おに……店長さん、このブレスレットはいくらするの？」

フードを被ったままの私は男女どちらかわからなかったらしい。４０００エーンですと答えると可愛い子は大袈裟に驚いて後ろを振り返った。

「ねえさっぴょん！　すっごい高いねぇこのブレスレット！　でもラブリこれ欲しいなぁ……でもなぁ……」

この少女について回っている男臭い集団の一人がさっぴょんとかいうのだろう。全員がラブリというらしい少女に恋をしているのなら、それをまとめるこの少女は只者《ただもの》ではないな。

「ら、ラブリちゃん！　サチオなんかじゃなくて俺が買ったげるよ！」

「馬鹿言うな俺が買う！　おい全種類よこせ！」

「俺に決まってんだろうが！」

３名の男により、にわかに起こる争乱。周囲に多大な迷惑を及ぼしているがラブリとやらはにこにこしているだけだ。

「……ラブリの指名に逆らう奴は除名だ。キンコメ、ロー、ライガ、今後ラブリの側に侍《はべ》ることを禁ずる」

低い声が男たちの暴動一歩手前の騒ぎを止めた。もっと早く止めろよとは思うものの、私は傍観《ぼうかん》する他ないのでカリスマさんと並んで判決が下されるのを眺めていた。

「はぁ⁉　ふざっけんな」

除名処分にされた男のうち一人だけがいきり立って指令を出した色男に殴りかかった。残念ながら街中ではＰｖＰとかいうシステム以外でプレイヤー住民問わずダメージを与えることはできない仕様になっているので、完全に意味のない行動である。

「やだぁライ君ってばぁ、喧嘩《けんか》なんかしちゃラブリ悲しいよ……みんなも今日一日だけ我慢してほしいな？　明日からまた一緒にいよ？」

無意味な拳を色男が受け止めて緊迫した空気が漂った。いよいよ憲兵出動かと思いきや、ラブリが能天気《のうてんき》な声を上げて短気な男を宥《なだ》めにかかった。なるほど、こういうまとめ方なのか。周囲としては空々《そらぞら》しいことこの上ないが。

「うっ、まあ、ラブリちゃんがそう言うなら」

惚《ほ》れた弱みなのか、ラブリには随分弱腰である。凄くどうでもいいので早くどこかに行ってほしい。そのまま集団は立ち去って行ったが、気の弱そうな兎《うさぎ》の獣人《じゅうじん》の少年が残っているのに気がついた。

「あ、あの……ブレスレットを……」

恐らくこの少年がサチオというのだろう、健気《けなげ》なことだ。どの色がいいのか迷う姿が少し気の毒になる。勝算は薄いぞ、少年。

「……差し上げたい方がよく使う魔法は何ですか？」

「えっ？　えっと、ラブ……っじゃなくてえっと彼女は火炎系が多いです」

ラブリは見た目に反して火系の魔法使いであるらしい。桃色の髪の毛をゆるふわに巻いた姿から鞭《むち》とかを想像していたのだが。まあ、とにかくそういうことならば薔薇《ばら》水晶がよろしかろう。色もピンクでぴったりだ。

「では、これを。魔力が尽きるまで火魔法を心なしか補助してくれます。４０００エーンです」

「あ、ありがとうございました。……あの、僕、さっきの彼女の幼馴染《おさななじ》みなんです」

にわかに始まった自分語りに、ブレスレットを渡した手を引っ込めるのが遅れた。少年は俯《うつむ》いている。

「自分でも思うんです、馬鹿だなって。学校でも、∞世界でも、こんな感じで。まな……ラブリはいつも愛されてて、僕の方は見てないのに僕はただついて回って」

うっかり見つめてしまった。【魅了】が発動する前に目を閉じ、少年の掠《かす》れたような声を聴く。少し高めなのにハスキーな独特な声だ、もっとはっきり喋ればさらに耳触りがよくなるだろう。

「小さいころから一緒にいるのが当たり前だったんですけど。最近よくわからなくなってきて、ラブリのことが好きなはずなのに。一緒にいても辛いばっかりで。本当はもっとレンさん、あっ、さっき仲裁《ちゅうさい》した人です、あの人みたいな格好いい人がラブリの隣には相応《ふさわ》しいんじゃないかって」

「……でも、あなたは彼女の欲しがったブレスレットを買った。それでいいのではありませんか？　それと、気持ちというものはね、伝えなければ正確に解ってもらえないものなんです。だから秘めるのも伝えるのも確かめるのも自由なんですよ」

自分に言い訳をするような少年の話を遮《さえぎ》る。自分に一生懸命嘘をつくのは止めてもらいたい、少なくとも私の目の前では。驚いたのか黙り込んだ少年に、仲間を追わなくていいのかと聞くと慌てた様子でブレスレットを仕舞った。

「あの！　ありがとうございました！」

「お気になさらず。それと、素敵な声をお持ちですから、もっと腹に力を込めて話せばあなたはもっと魅力的になれますよ。やってみてください」

折角の良い声をもっと活用してもらいたいとささやかに助言してみる。できれば常連になってちょいちょい聞かせてもらいたいものだ。照《て》れたのか頬《ほお》を染め、お辞儀《じぎ》をして弾かれたように走り去った少年を見送った。

「なんだなんだあいつ辰砂に褒《ほ》められてたぞ。おかしい、俺褒められた記憶殆《ほとん》どねえのに、なんでやねん」

イルが何やらもごもご言っている。あまり暴れると髪と絡まるから止めなさい。

50話　イルルヤンカシュの不安

「お姫様って聞き上手っていうか相談されやすい人なの？」

　カリスマさんも一連の流れは見ていたので、兎少年の相談は自然と聞こえている。

「これまでの人生でそう言われたことは一度もありませんが、∞世界では割と心情を吐露《とろ》されやすいですね」

　たまたまなのだろうが不思議である。そう言えば無愛想《ぶあいそう》でしかないはずの私にも親切にしてくれる人が多いことに気づいた。つまり良い人に当たったということだろう。

「難易度の高い初恋にかなり煮詰まっていたんでしょう。ちょうどいいところにいたのが私だったということで」

「ま、そういうことにしときましょうか。ところで忘れてたんだけど、クッションできてるわよ？」

　おお！　裏工作に忙しくてすっかり忘れていた。早速《さっそく》やり取りしてストレージへ。後で人のいないところで浮こう。ちょっと触っただけでもわかるフカフカ具合に頰が緩んだ。

「お姫様は笑うと随分感じが変わるわねえ。三日月みたいな雰囲気が猫みたいになるわ」

「猫は好きです、似てるとは思いませんが。しかし羊もこうして見ると可愛いですね、羊も好きになりました」

よくわからない例《たと》えを流しつつウールちゃんを撫でた。もこもこした毛の触り心地が気になってつい触ってしまった。しつこいと嫌われるのはイルを見ていればよくわかるので、ひと撫でで手を引っ込めておこう。ところで、さっきからイルが肩から背中にべったり張り付くようにポジションをとっている。何やらもぞもぞ呟いているのだが、全然聞き取れない。独り言なのだろう、用があれば話しかけるだろうし。気にするまい。

「あいつ……撫でられてる……？　ふかふかだからか……？」

「さて。頼んでいた道具を引き取りに行くので、お先に失礼しますね」

さっきから一つたりとも売れないポーション類にこれ以上望みをかけるのは無意味であろう。目標額は楽々達成しているわけだし、とっととストレスフリーな調薬ライフに移行することとしよう。

「そう？　またいらっしゃい、アタシもお姫様の装備のイマジネーション膨らませとくわ」

「楽しみにしています。動きやすくお願いしますね」

別れを告げてフェンネル氏の工房へ移動。すっかり忘れていたけれど、初心者用鋏も研いでもらわねば。

「お、来たな。ご依頼の品はこちらだ。なんたって物がでかいからな、別室に置いてある」

フェンネル氏が案内してくれたのは先日の作業場ではなく、商品を置いておく倉庫のようなところだった。品数を確認しつつ、ストレージへ収納。これだけ大きいとひとまとめに箱に入れたら出す時が大変である。

確かに全てあったので、即座に７０００エーンを支払った。ストレージに収めておきながら払いを渋って盗人《ぬすっと》扱いされるのも嫌だ。ついでに鋏の研ぎを頼んでみたが、断られてしまった。

「これは初心者用だから刃が薄いんだ。使い込む奴なんてほとんどいないからな。研いだら刃が短くなっちまって、嚙み合わせがおかしくなるから買い換えた方がいい。ウチにもあるが見るか？」

というわけで採集用鋏も新調した。４０００エーンである。最初の鋏が３００エーンくらいだったことを考えると、本当に入門用であったのだろう。道を定めたら普通は道具を新調するもんだと言われてしまった。

「グレッグの野郎、教えてないのか？　なんだあいつ、師匠面《ししょうづら》していい加減なことしやがって」

「いいえ、グレッグ先生が足を痛められた間の薬草採集を引き受けたのがご縁《えん》でして。一緒に採集に行ったことはないんです。ですから先生がいい加減なわけではありません」

はあ、とよくわからないような顔をされてしまった。まあ、住人からすれば弟子入りして３日で卒業というのはおかしいのだろうし無理もないか。それよりもやっとまともな道具を揃えたのだ、24時間営業の作業場へ行こう。

汎用棟103号室にて、新しい道具を並べた。自分でも解るほど機嫌が良い。何が良いって薬研があることが最高だ。ところで、誰もいなくなったらすぐに出てくるイルが背中にくっついたままなのだがどうしたのだろうか？

「イル？」

返事はない。本当にどうしたんだ？　マントを脱いで、さすがに背後を見ることはできないができるだけ様子を窺った。主張の強いイルがじっとしているとは、腹でも痛いのだろうか。

「……イル？」

よく解らないが、とりあえず頭を撫でてみた。指に当たる角《つの》の角度からすると、私の背中に顔が埋まっているようだ。

「……なんだよ。何でもねーよ」

どう考えても何かあるような気がするのだが、断固として服を摑んでいるのでひとまず置いておくことにした。

「言いたくなったら言いなさい。私は作業をしているから」

気にはなるが、言わない以上は予定通り新しい道具の使い心地を確かめることにしよう。薬研を手に取り、スーパーナオル草を粉砕《ふんさい》する。あれほど手こずったのが嘘のようにさらさらに崩《くず》れてゆく。

買ってよかったことを嚙みしめながら手順を進めた。刻んだスーパーヨクナル草を入れた鍋に水を汲み、魔法焜炉《こんろ》に火を付ける。ＩＨコンロにそっくりであるが、まあ仕組みは違うのだろう。周囲の空気も熱いし。あれは確か鍋底だけが熱くなるはずだ。

黙々と作業を続ける。いつの間にか背中の重みも忘れ、集中していた。鍋の沸き方を見極《みきわ》め、混合チップを投入してコンロの火を消した。息を吐いて、冷めるのを待つ。道具を片付けて一息つくか。

「……イル。ちょっとおいで。今から真剣に気障なことを言うから。笑わないように」

備え付けの椅子を出してきて腰かけた。本当に微動だにしなかったイルに呼びかけてみる。しばし反応がなかったが、ゆっくりと腕を伝って膝の上まで来た。目は伏せられたままで、何というか今まで見たことのない落ち込み方をしているな。

「イルの眼《め》は、私が一番好きな蒼玉《そうぎょく》の色だ。鱗《うろこ》は藍方石《らんぽうせき》で、腹側は月長石《げっちょうせき》。今だって、何度見ても驚くほど美しいのに中身はとんだガキだった。殺されると思ったから、私はイルを殺そうと思ったし、実行した。実際には精霊さんのご助力がなければ到底敵《とうていかな》わなかったけどね」

イルはじっとしている。聞いているのか、聞いてないのかわからないが。私も兎少年に偉《えら》そうなことを言った手前、たとえ性《しょう》に合わなくても伝えることは伝えよう。

「……お世話になった精霊さんに頼まれたから、仕方なくイルが生きていけて、できれば幸せになれる所を探そうと思った。海に行こうと思ったのもそのためだ」

ぴくりと身体《からだ》が揺れた。そうだ、最初はそうだった。それができなくなったのは、パートナーになってしまったからだ。心が通ったかは未《いま》だによく解らないが、名を知り合ったのがきっかけであったことは間違いない。そしてそれがイルからの〝私のため〟の申し出が発端《ほったん》だったことも、私は受け止めなければならない。

「だけど、もうできない。イルを一般的な龍としての生活に戻してやることはできない。もうすぐ成龍だったはずなのに、こんなに縮《ちぢ》んだままなのは多分絆のせいだ」

戦った時の十数メートルほどのサイズが、多分成龍間近の仔水龍のあるべき体長だったのだろう。こんな50センチあるかないかの細い龍ではなかったのに。いや、私も死にたくなんてなかったから、もう一度同じ場面に戻れたとしてもやはり戦うだろうが。

「それほど小さいのにイルは私に食事を提供しようとしてくれた。役に立とうとしてくれている……違うな、役に立ってくれている。正直とても助かってるよ、もう夜な夜な不審者《ふしんしゃ》みたいな真似《まね》をしなくて済むし。始まりがどうあれ、私はもう、イルがいないところは想像できないよ。イルはどうだ？　ひとりの方が良かったか？」

イルは断固としてこちらを向かない。絶対に顔を見せてくれないので、強要はしないことにしよう。

「私はイルに成龍になってほしい。大きくなったところを見たい。さぞかし綺麗だろうから楽しみなんだ。それに、それだけ大きくなったら心置きなく【吸精】できるだろ」

尻尾を撫でた。邪険に尻尾が払われたが全然力が籠《こ》もっていない。諦めずに何度も撫でてや

る。力なく左右に揺れる尻尾が、やがて元通りの位置に収まった。

「……俺、全然ふかふかしてない」

「うん。滑《なめ》らかだ」

「声も、甲高《かんだか》いし」

「子供だから当たり前だね」

「しゅ、主張ばっかしてうるさいしっ……」

「黙ってちゃ何も解らない。イルだって、私が何を思っているか解らなかっただろう？」

「そ、れに……俺、飯以外あんま役に立たないし……！　戦う時も辰砂が捕まえたのだけじゃん……俺、そんな弱くないのにっ」

おや。それも気にしていたのか。過保護にし過ぎたな、悪いことをした。

「それは悪かった。最初の大きさからあまりにも縮んだから、心配だったんだよ。今はもう強いことも解ってるから、次は一緒にやろう」

しがみつかれつつ、胸元辺りにある後頭部を撫でてやる。何となく湿っている気もしたが、言及はしない方が親切だろう。それにしても、主張の激しい奴だと思っていたが本当に気にしていることは口に出さない性質《たち》だったとは。

結局、イルが落ち着いたのは、大鍋いっぱいのスーパーポーションがすっかり冷めた後だった。龍は泣いても目が赤くならないことを発見し、うっかり口に出して叩かれたのはご愛敬《あいきょう》である。

辰砂　Ｌv.38　ニュンペー
職業：冒険者、調薬師
ＨＰ：690
ＭＰ：2060
Ｓｔｒ：400
Ｖｉｔ：200
Ａｇｉ：400
Ｍｎｄ：555
Ｉｎｔ：555
Ｄｅｘ：530
Ｌｕｋ：230

先天スキル：【魅了Ｌv.9】【吸精Ｌv.8】【馨】【浮遊】【空中移動Ｌv.6】【緑の手Ｌv.2】【水の辛Ｌv.2】【死の友人】【環境無効】
後天スキル：【魔糸Ｌv.4】【調薬Ｌv.20】【識別Ｌv.17】【採取Ｌv.28】【採掘Ｌv.19】【蹴脚

術Ｌｖ.４】【魔力察知Ｌｖ.６】【魔力運用Ｌｖ.９】【魔力精密操作Ｌｖ.14】【宝飾Ｌｖ.５】
サブスキル：【誠実】【創意工夫】【罠Ｌｖ.13】【漁Ｌｖ.２】【魔手芸Ｌｖ.６】【調薬師の心得】
【冷淡Ｌｖ.４】【話術Ｌｖ.６】【不退転】【空間魔法Ｌｖ.６】【付加魔法Ｌｖ.11】【細工Ｌｖ.２】
【龍語Ｌｖ.５】【暗殺Ｌｖ.２】【料理Ｌｖ.４】【夜目Ｌｖ.１】【隠密Ｌｖ.９】

ステータスポイント：０
スキルポイント：17
称号：【最初のニュンペー】【水精の友】【仔水龍の友】【熊薬師の愛弟子】【絆導きし者】

イルルヤンカシュ　Ｌｖ.15　仔水龍
ＨＰ：６２００
ＭＰ：３８００
Ｓｔｒ：１０００
Ｖｉｔ：１０００
Ａｇｉ：３００
Ｍｎｄ：５００
Ｉｎｔ：５００

Dex：300
Luk：100
スキル：【水魔法Lv.8】【治療魔法Lv.4】【浮遊】【空中移動Lv.4】【強靭】【短気】【環境低減】【手芸Lv.4】【アヴァンギャルド】
スキルポイント：13
称号：【災龍】【水精の友】【ツンデレ】【絆導きし者】
『称号：【天邪鬼】が【ツンデレ】に変化しました』

文庫限定書き下ろし短編

ままならないうさ耳と、運命の金剛力士

The Nymph
who wants to hide
ties with
"pharma" skill

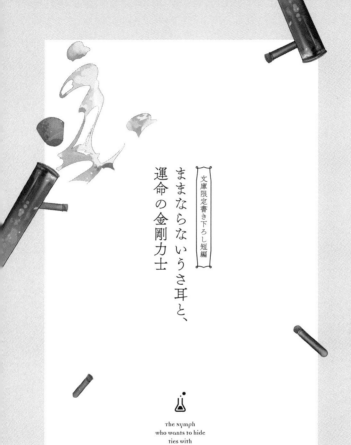

1

「はあ……」

抜けるような青空の下《もと》、草原に立ち尽くした兎耳《うさみみ》の青年がため息を漏《も》らした。それを耳聡《みみざと》く聞き取った妖精のおっさんが振り返った。

「どーしたよ『バニーちゃん』さん？　今から森龍ぶっ倒そうってのにさ」

「いや、なんでもないよ。ここまで長かったなって思って。それよりタカシナさん、まだ戦闘始まらないいんだから一回ナイフ仕舞《しま》ったら？　怖いよ」

「おっとこりゃ失礼、はっは」

全然悪びれてない表情でタカシナは手首を一回転させた。鮮やかにナイフの刀身《とうしん》が翻《ひるがえ》り、どこかにナイフが消え去る。バニーちゃんはそれを少しばかり恨《うら》めしげに見つめた。

「僕のもしまえればいいのに……ちょっと、持ち運びには適さないよね、これ」

バニーちゃんは諦観《ていかん》を含んだ視線で己《おのれ》の得物《えもの》を見下ろした。それは有《あ》り体《てい》に言って大戦槌《だいせんつい》だった。バニーちゃんは身長およそ170㎝だが、この歪《いびつ》な総水晶製の戦槌はざっと彼の身長の1・5倍ほどに見えた。歪さを感じるのはその巨大すぎる頭部のせいだ。両口になっている頭部の幅は柄《え》と同じほどであり、また円形になっている口の直径は1ｍはあった。柄の華奢《きやしゃ》さに対して余りにも凶悪であった。

「仕方ねぇよ、ソレ使えるのバニーちゃんさんだけだし？　ソレの性能考えると使わないとかあり得ないし？　まあ運び易《やす》さは考えないに限るってこった」

タカシナはふわふわと高さを調節して、バニーちゃんと視線を合わせた。タカシナは妖精、フェアリーなので設定した身長の二分の一のサイズで生活している。元が１６６cmだというから、83cm程だ。彼はバニーちゃんのパーティでサイズを生かした斥候《せっこう》および攪乱《かくらん》役を引き受けている。ちなみに彼は――というか、『この世界』にいるプレイヤーの全《すべ》てが自分の意思で種族を選んだわけではない。

彼らは『ライフ・オブ・インフィニット・ワールド（仮題）』という世界初のフルダイブ型ＶＲＭＭＯゲームのβ《ベータ》テスターだ。種族、ステータス、スキルその他様々な条件を指定された状態でゲームをプレイし、実体験をもとにレポートを提出する役割である。なおこのβテスターですら定員の４０００倍の応募があったそうだ。バニーちゃんもタカシナも、その意味では強運の持ち主である。

［――こちらツバキ、各員応答せよ］

バニーちゃんとタカシナ、それぞれの視界の隅《すみ》に小さなアイコンが点滅した。パーティメンバーやフレンド間で使用できるボイスチャット機能だ。二人はそれぞれにアイコンをタップして返答した。会話に参加するにはアイコンをタップしなければならないのだ。聞くだけならば、タップしなければいいだけなのでこの機能は割と優《すぐ》れているとバニーちゃんは思っている。

「はいこちらバニーちゃんです。予定通り森龍盆地手前でタカシナさんと待機中」

「こちらタカシナ。バニーちゃんさんに聞いた通りな、んで遅刻したどっかのどいつはどこまで来たんだ?」

「――こちらランドルフー。こっちも風林火山《ふうりんかざん》のおっさんと待機中。つーか俺ら相当待ってね? もうあいつ抜きで行ってもいいんじゃね。森龍って別に魔法特攻でもないらしいじゃん、いなくてもよくね?」

「――うんにゃ、やっぱ初回は万全を期してフルパーティで挑《いど》んだ方がよかろうもん。歯抜けから始めっと比較検討できらんけん」

「――えー、おっさん真面目か? いつもか。ったく」

「――ランドルフは適当すぎるっちゃん。レポートも書きゃぁいいっちもんじゃなかよ、きちっと書けよ」

「――真面目かー!」

「うるせえぞお前ら。くだらん話はボイチャ切ってからやってくれや」

二人を皮切りに、パーティメンバーからの声が順番に聞こえてくる。途中で揉《も》め始めたのが別地点で待機中のタンク二人組である。仲は悪くないが、暇《ひま》さえあれば言い合っている。ボイスチャットを開始したツバキは皆が森龍盆地と呼んでいるポイントの周辺のモブ掃除を担当していた。連絡してきたということは、掃除が終わったということだろう。

「——こちら絶賛遅刻中のすた☆★オベでーす！　ランドルフは置いてくとか言うなー。ツンデレかー。あとタカシナさんたら嫌味ですよー、器《うつわ》のちっさいおっさんてモテませんからー」

「アホか、モテを気にする年代なんざとうに過ぎてるっつの。いーからどこまで来たか言えよ」

一切悪びれる様子のないすた☆★オベにタカシナが毒づく。いつものやりとりだった。

「——ハイハイ、もう着きますっ、と。ほーら到着しました」

ボイスチャットが途中から肉声に変化して、ツバキより先にすた☆★オベが姿を現した。本人の期待を裏切り、エルフになった彼は風魔法【飛空術】がお気に入りで、暇さえあればスーパーな男のポーズで飛び回っている。移動速度はずば抜けているのだが、気恥《きは》ずかしいポーズとMPの消費の激しさがネックだった。

「ふぃーMPすっからかんになっちゃった」

マナポーションをガブ飲みするすた☆★オベに、今度はツバキが渋い顔をしている。すた☆★オベとほぼ同時に合流していたらしい。

「今は回復物資を温存すべき。遅刻を挽回《ばんかい》するにしても飛空術全開はやり過ぎ」

「大丈夫大丈夫、これ俺のお小遣《こづか》いで買ったやつですから。流石《さすが》に公私混同はしませんてー」

ひらひらと手を振ったすた☆★オベにタカシナとツバキがそれぞれ冷たい視線を送ったとこ

ろで、バニーちゃんは手を叩《たた》いた。

「じゃあ、全員が揃《そろ》ったということで。風林火山さんとランドルフさんも待機してもらってるし、ぼちぼち行こうか」

「「了解」」

「「――了解、リーダー」」

「……臨時《りんじ》だけどね。じゃあ、作戦通りタンク二人で不意打ちからお願いします。ボイチャはもう閉じちゃってください、後のやりとりは肉声でいきましょう――健闘を祈る」

バニーちゃんは一つ息を吐いて、大戦鎚を取り上げた。森龍がポップする位置を挟《はさ》んで向こう側、風林火山とランドルフが出現した瞬間の森龍の背中を各自の大技でぶん殴ったのだろう。森龍の怒りの咆哮《ほうこう》が響き渡る。そうして出現した向きから180度回転した後背を、バニーちゃんたちがもう一度大技でもって攻撃するという、大雑把《おおざっぱ》だがそこそこ効果の高い作戦であった。

「……お裁縫《さいほう》、したいわぁ」

バニーちゃんの呟《つぶや》きは、幸か不幸か誰にも聞かれることはなかったのだった。

2

夕暮れとともに、バニーちゃんたち一行は拠点としている街に戻ってきていた。全員が無事である。十分に対策を練って相対したのだから、そうでなければならなかった。冒険者ギルドで討伐《とうばつ》証明として髭《ひげ》を提出し、今は各自解散したところである。バニーちゃんは宿屋の個室で寝台に装備のまま倒れ込んで目を閉じている。

「はーあ。つくづくリーダーって向いてないわ、アタシ……」

パーティメンバーが聞いたら全力で否定しそうな言葉をつぶやいたバニーちゃんは、一つ寝返りを打って顔を扉側に向けた。正確には、大戦鎚のある方である。

「みんなやりたくないからって酷《ひど》いわよ、アタシだっておんなじなのに」

バニーちゃんは横向きだった体を今度は腹ばいにして、両手で頬杖《ほおづえ》をついた。じっとりした視線は相変わらず水晶の塊《かたまり》に向かっている。

「だいたいβ版じゃあ戦闘しかできないなんて、どこにも書いてなかったじゃない。しかも、確かにステータスはパターンから割り振られるって聞いてたけど、よりにもよって脳筋《のうきん》ステータス引いちゃうなんて思わないわよ」

完全にやさぐれモードに入ったバニーちゃんは、ため息をついて大戦鎚を睨《にら》みつけた。大戦鎚にはなんら罪はないのだが、いまのバニーちゃんには不満の象徴に見えているようである。

「ああ、お裁縫……」

バニーちゃんは元々生産がやりたくてβテストに応募した口だった。現実ではとある事情により裁縫できないバニーちゃんは、せめてゲームの中だけでも思うように裁縫したかったのである。その希望がテスト開始1分で完膚《かんぷ》なきまでに打ち砕《くだ》かれようとは思いもしなかった。

折角《せっかく》受かったβテストである、生産ができなくてもやらねばなるまいと気を取り直したバニーちゃんに用意されたプレイ条件は残酷だった。Ｓｔｒ値とＶｉｔ値は超高水準で、Ｄｅｘは壊滅的だったのである。戦闘するなら棍《こん》やレイピア、弓なんかをうっすら希望していたバニーちゃんの狙《ねら》いはことごとく外された。装備に必要なＤｅｘ値に届かないので、そもそも装備できなかったのだ。少し泣いた。

じゃあ何が装備できるのかという話である。ナビゲートキャラクターが調べてくれた武器は、身の丈《たけ》ほどの大きなハンマーであった。大戦鎚という武器だそうで、装備条件が高Ｓｔｒ値とＶｉｔ値、Ｄｅｘ値が指定値未満という特殊なものだった。もちろんバニーちゃんは余裕でクリアできた。これの他にはやっぱり身の丈ほどの段平《だんびら》か、岩（持ち上げて投げる）しかなかったので、バニーちゃんは泣く泣くハンマーを選んだのであった。

「はあ。早く正式版始まらないかしら」

頬杖をついていた腕を伸ばして、バニーちゃんは枕に顔を埋めた。もう今の希望は、βテスターに施《ほどこ》される優遇措置《そち》だけである。β版の全てを引き継いで始めることができる『そのままニューゲーム』か、ステータスやレベルやスキルをスキルポイントや所持金などに任意で変換して始められる『強くてニューゲーム』が選べるらしい。彼の中では『強くてニューゲーム』

一択《いったく》である。

多分パーティメンバーからのメッセージが届いたことを知らせる着信音は聞こえなかったことにして、バニーちゃんは壁の方に顔を向けて丸まった。どうせ次の戦闘の打ち合わせについてだ。狙う魔物は全会一致で決まるのに、どうしてあれほどバラバラになれるのか不思議である。それらを調整するのがバニーちゃんの主なリーダー業であった。もう今日は戦闘したくないので、バニーちゃんは連打されるノックの音も断固無視して再度目を閉じた。

「バニーちゃんさんってばぁ！　あれーっお休み中でした？　まあいいや、メッセージ読んでくれましたよね！」

もっとも、ふて寝は30秒も保《も》たなかったのだが。すた☆★オベが扉をぶち開けて飛び込んできた挙句《あげく》、喚《わめ》いたせいである。メッセージを送って数秒経《た》ったら相手が既《すで》に読んでいると思える神経はバニーちゃんの理解の範疇《はんちゅう》外《がい》であった。

「あぁ……」

バニーちゃんのため息は止まらない。

3

βテスターの優遇措置は何もゲーム内に限った話ではない。β版をプレイし、きちんとレポートを提出したプレイヤーにはもれなく正式版のソフトが届けられた。もちろんバニーちゃんの手元にも届いた。大喜びのバニーちゃんが、正式サービス開始前のログインできる時間になった瞬間接続したのはご愛嬌《あいきょう》というものであろう。

何しろ一度経験済みである、キャラクターメイキングは非常に円滑に進んだ。個人情報保護の観点から、また元バニーちゃんの個人的な理由によりアバターの睫毛《まつげ》は5㎝程に設定された。またアイシャドウは鮮烈なブルーに、チークはバラ色を通り越して絵の具のごとき赤になった。ついでにスキンヘッドにしておいた。ここまで変えれば、流石にこのアバターが『バニーちゃん』だとはばれまい。元バニーちゃんは満足の息を漏らした。

続いて種族選択である。前回は種族は指定されていたけれど、今回は任意で選択できる。大方《おおかた》のプレイヤーが折角だからと挑戦するランダム設定を元バニーちゃんも選び、そして一発目で『金剛力士《こんごうりきし》・吽《うん》』を引き当てた。担当のナビゲートキャラクターが興奮《こうふん》した様子でレア種族であることを伝えてくる。

「金剛力士・吽ねえ……良いじゃない」

元バニーちゃんはにっこり笑って即決した。その際、【最初の】という称号がついてステータスに大幅ボーナスがついたのは思わぬ恩恵であった。ゲーム内でなまぐさを食べた瞬間死ぬというデメリットはあるが、そんなことはたいしたことではなかった。身長230㎝程になったスキンヘッドの元バニーちゃんは、金剛力士が対《つい》で存在するものだと知っていたのである。

「運命的な出会いにうってつけじゃない！　きっとこのゲームの中でアタシの王子様に会えるんだわ」

いらぬイジりを嫌って口調も取り繕《つくろ》っていたけれど、元バニーちゃんの中で運命の王子様は、ありとあらゆる意味でありのままの元バニーちゃんを受け入れてくれるはずなので素《す》の喋《しゃべ》り方で大丈夫だということになった。２３０㎝のけばけばしいメイクを施したスキンヘッドのバッキバキマッチョがどんな喋り方をしていても、恐ろしくてイジれないだろうと担当のナビゲートキャラクターは思ったけれど、賢明にも黙っておいたので元バニーちゃんのご機嫌は損《そこ》なわれなかった。

にっこにこの元バニーちゃんが新しく決めたプレイヤー名は『美のカリスマ』。今度こそお裁縫に邁進《まいしん》して、可愛《かわい》さ格好《かっこう》良さを追求するすべての人にカリスマ印《じるし》の素敵《すてき》なお洋服を届けるのだ。でも、その前に律儀《りちぎ》なカリスマさんはチュートリアルをこなしたのであった。

「待ってて、アタシの王子様！」

王子様より先にお姫様と、そして小さな羊と出会うことになるとは知らないカリスマさんの∞《無限》世界が、今始まった――……。

あとがき

ここまで読んで頂き、（あるいは本文を飛ばして最初にあとがきをご覧《らん》になったかも？）ありがとうございます。イナンナです。

あとがきというものを書くのは人生で二回目なのですが、何を書いていいのかはわからないままです。一回目は、昔書いたウェブ小説を完結させた時に書きましたがあの時も相当悩んだ覚えがあります。

イナンナという作家名は、私が人生で初めて書いた小説のキャラクターから取りました。大元は神様のお名前なのですが、思い入れのあるキャラクターを忘れてしまうのは寂《さび》しいような気がして、譲《ゆず》り受けることにしました。

このお話に関して書籍化しませんか、というお話をいただいた時には、正直詐欺《さぎ》を疑っていました。何故《なぜ》って書籍化される作品って連載開始から数週間とか数カ月でお話がくると聞きましたのに、私のところにお声がかかったのは連載開始から実に二年が経過していたからです。おかしいと思って社名を検索するところから始め、住所を地図で調べ、ネットで評判まで調べました。お話を伺《うかが》うために会社を訪れた時もまだ疑っていました。受付で「そのような担当のものはおりませんが……」とか言われたらどうしよう？　と。幸い全《すべ》て本当のお話で、こうしてあとがきを書くことができています。

具体的に書籍化の範囲を決め、担当さんからイラストレーターさんを紹介して頂き、キャラクターのラフ画をいただいた時は胸が膨《ふく》らむような嬉《うれ》しさを感じました。私の頭の中で動いていたキャラクターたちが生き生きと描き出されて……小躍《こおど》りしそうでした。この辺《あた》りでようやっと私の中に本当に本になるんだ、という自覚が芽生《めば》えてきたように思います。それもこれも、全ては何も考えずに始めたこの小説を読んで喜んでくださった読者様のおかげです。

このあとがきを書いている時点で、表紙のカバーイラストまで完成した段階です。まだいろいろな作業が残っているとは思うのですが、何はともあれまずこの話を読んでくださいました皆々様に感謝を捧《ささ》げます。また、出来の悪い作者の私に根気強く付き合ってくださった担当I様、綺麗《きれい》なイラストを描いてくださった美和野《みわの》様、御関係者様方にも御礼申し上げます。

最後に、辰砂《しんしゃ》とイルの旅は続いていきますが、またいつかどこかでお目にかかれるよう頑張ってまいりますので、どうぞ生暖《なま》かくよろしくお願いいたします。

イナンナ

この作品の感想をお寄せください。

あて先　〒101-8050　東京都千代田区一ツ橋2-5-10
集英社　ダッシュエックス文庫編集部　気付
イナンナ先生　美和野らぐ先生

ダッシュエックス文庫

隠れたがり希少種族《ニュンペー》は【調薬】スキルで絆を結ぶ

イナンナ

2018年8月29日　第1刷発行

★定価はカバーに表示してあります

発行者　鈴木晴彦
発行所　株式会社　集英社
〒101−8050　東京都千代田区一ツ橋2−5−10
03(3230)6229(編集)
03(3230)6393(販売／書店専用) 03(3230)6080(読者係)
印刷所　株式会社美松堂／中央精版印刷株式会社
編集協力　石川知佳

ISBN978-4-08-631260-8 C0193

王女様の高級尋問官
~真剣に尋問しても美少女たちが絶頂するのは何故だろう?~
兎月竜之介
イラスト/睦茸

ニーナとうさぎと魔法の戦車1~8
〈スーパーダッシュ文庫刊〉
兎月竜之介
イラスト/BUNBUN

流星《ほし》生まれのスピカ1~3
〈スーパーダッシュ文庫刊〉
兎月竜之介
イラスト/鍋島テツヒロ

いらん子クエスト
少女たちの異世界デスゲーム
兎月竜之介
イラスト/wogura

怪我で引退した元騎士が、王女様の護衛官に。しかしそれは表の顔。実際は美少女刺客を捕らえる尋問官で…？　特濃エロファンタジー。

戦災で放浪の身となったニーナが出会ったのは、野良戦車と戦う女性だけの私立戦車隊。この出会いがニーナと世界の運命を変える！

流星の力を利用したエネルギー革命で栄えた都市で、無力な少年は流星から生まれた不思議な少女と出会った。星屑と蒸気の冒険譚！

元の世界に戻れるのは、生き残れた人だけ…。どこにも居場所がない7人の少女たちが繰り広げる、希望と絶望の異世界デス・ゲーム！

私たち殺し屋です、本当です、嘘じゃありません、信じてください。

兎月竜之介
イラスト／ハル犬

異世界監獄√《ルート》楽園化計画
—絶対無罪で指名手配犯の俺と〈属性：人食い〉のハンニバルガール—

縹 けいか
イラスト／Mika Pikazo

【第5回集英社ライトノベル新人賞特別賞】
終末の魔女ですけどお兄ちゃんに二回も恋をするのはおかしいですか？

妹尾尻尾
イラスト／呉マサヒロ

終末の魔女ですけどお兄ちゃんに二回も恋をするのはおかしいですか？２

妹尾尻尾
イラスト／呉マサヒロ

殺し屋コンビのヴィクトリアとシャルロッテは、行く先々で敵（変態紳士）に遭遇して…!? 残念系美少女の危険でゆる～い旅物語。

記憶を失くした俺が史上最悪の指名手配犯!? 人食い美少女と正義を貫き、仲間を増やして異世界監獄をこの世の楽園へと導く！

異形の敵と戦う魔女たちの魔力供給源は、大好きなお兄ちゃん。肉体的接触でしか魔力は回復できなくて…エロティックアクション！

事件解決後、一緒に暮らしていた紅葉と昴のもとに、三女・夕陽が押しかけ同居!? 爆乳姉妹に挟まれて、昴もついに限界突破か…？

逆転召喚
～裏設定まで知り尽くした異世界に学校ごと召喚されて～
三河ごーすと
イラスト／シロタカ

逆転召喚2
～裏設定まで知り尽くした異世界に学校ごと召喚されて～
三河ごーすと
イラスト／シロタカ

逆転召喚3
～裏設定まで知り尽くした異世界に学校ごと召喚されて～
三河ごーすと
イラスト／シロタカ

異世界でダークエルフ嫁とゆるく営む暗黒大陸開拓記
斧《おの》名《な》田《た》マニマニ
イラスト／藤ちょこ

湊《みなと》が召喚されたのは、祖父の書いたファンタジー小説そのままの世界だった！　いじめられっ子が英雄になる、人生の大逆転物語!!

ファンタジー小説の世界に学校ごと召喚され、美少女と共同生活する湊。生徒流入により裏設定が変わった精霊の国を救う方法とは!?

異世界の情勢は、当初の裏設定からはありえないほどに逸脱してしまった。対立する生徒とそれぞれの国に、湊たちは立ち向かう…！

引退後のスローライフを希望する元勇者に与えられた領地は暗黒大陸。集まって来る魔物たちと一緒に未開の地を自分好みに大改造！